KB086030

윤동주 전 시집

윤동주100년포럼은 윤동주 탄생 100주년을 맞이하여 서울시인협회 민윤기 회장과 윤동주100년문화예술제의 조직본부장으로 기획을 총괄하고 있는 유광남 작가를 비롯한 시인과 교수들 그리고 그동안 윤동주를 사랑하고 그의 신면목을 알기 위한 연구를 꾸준히 해 온 사람들이 모인 집단이다. 포럼에서는 2017년에 진행되는 윤동주100년예술제를 지원하고 있다.

윤동주 전 시집 하늘과 바람과 별과 시

초판 1쇄 발행　　2022년 2월 16일
초판 29쇄 발행　2024년 11월 1일

지은이　　윤동주
엮은이　　윤동주100년포럼
펴낸이　　김상철
발행처　　스타북스
등록번호　제300-2006-00104호
주소　　　서울시 종로구 종로 19 르메이에르종로타운 A동 907호
전화　　　02) 735-1312
팩스　　　02) 735-5501
이메일　　starbooks22@naver.com

ISBN　　979-11-5795-635-7　03810

이 책의 본문 일부분에 '을유1945' 서체를 사용했습니다.

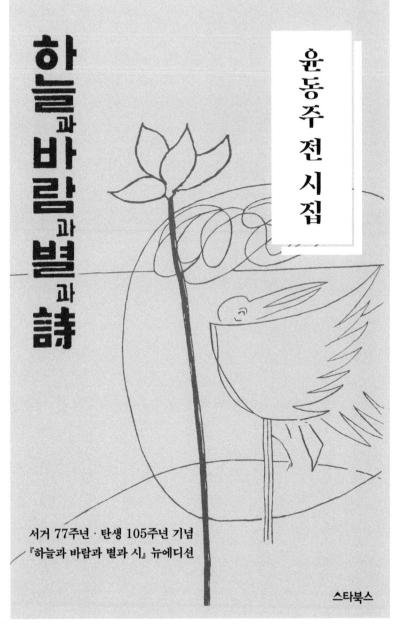

윤동주 전 시집

하늘과 바람과 별과 詩

서거 77주년 · 탄생 105주년 기념
『하늘과 바람과 별과 시』 뉴에디션

스타북스

77주기를 기념하여 새롭게 구성하고 편집한 『윤동주 전 시집』'하늘과 바람과 별과 시'

2017년 윤동주 탄생 100주년을 기념해 출간된『윤동주 전 시집』은 소실되지 않은 윤동주의 시와 수필 전체뿐 아니라, 윤동주를 위해 쓰여진 서문과 후기와 발문 등을 판본을 가리지 않고 모두 취합한 책으로 출간 이래 스터디셀러가 되었다. 이 책은 윤동주 서거 77주년을 기념하기 위해 그『윤동주 전 시집』을 더욱 보기 쉽고 편하게 읽을 수 있도록 편집과 디자인을 새로 한 것이다.

윤동주의 시집은 그의 사후인 1948년 정음사에서『하늘과 바람과 별과 시』라는 이름으로 최초로 출간되었다. 윤동주의 시 31편이 1~3부에 걸쳐 실려 있는데, 이 책 1~3장에 실었다.

1955년에는 윤동주 서거 10주년을 기념해『하늘과 바람과 별과 시』증보판이 나왔다. 초판본에 더해 시와 산문 62편이 추가되어 총 93편이 실렸다. 추가된 시와 산문은 1948년 12월 윤동주의 여동생 윤혜원이 서울로 남하하면서 고향집에 있던 오빠의 모든 원고와 즐겨보던 책 등 유품을 가지고 오면서 공개된 작품들이다.(당시 윤혜원은 감시가 심해 사진 앨범은 가져오지 못했다. 잘못하면 감시원에 발각되어 소중한 원고까지 빼앗길까 봐 앨범은 나중에 찾을 계획으로 친척집에 보관해 둔 채로 왔는데 사정이 생겨 찾지 못했다. 윤혜원은 두고두고 이를 아쉬워하며 가슴 아파 했다고 한다.) 추가된 시 57편 중 35편은 3부 「참회록」에 이어서 실렸고, 나머지 22편은 동요여서 4부로 독립되어 실렸으며, 5부에 산문 5편이 실렸다. 이 책에서는 3부에 추가된 시를 4장으로, 동요인 4부를 5장으로 각각 실었고, 산문 5편은 7장에 실었다.

1979년 증보판에는 윤혜원이 용정에서 가져온 시들과 새로 발견된 윤동주의 작품 중에서 그동안 진위 여부를 가리기 위해 수록을 보류했던 23편이 추가되었다. 이 책에는 6장에 실려 있다.

미완성이거나 원고에서 삭제 표시한 시를 포함해 기존 윤동주 시집에 실리지 않은 작품 8편은 이 책의 8장에 실었다.

『하늘과 바람과 별과 시』는 초판본 이후 증보판이 나올 때마다 서문과 발문이 교체되거나 추가되었다. 1948년 초판본에는 정지용鄭芝溶의 서문과 유영柳玲의 추도 시 및 강처중姜處重의 발문이 실렸다. 그러나 1955년 증보판에는 이 글들이 빠져 있는데 그 이유는, 시인 정지용이 한국전쟁 때 납북되었고(이후 평양에서 발간된 《통일신보》는 1993년 4월 24일, 5월 1일, 5월 7일자 기사에서 정지용이 1950년 9월경 경기도 동두천 부근에서 미군 폭격에 의해 사망했다는 사실을 보도하기도 했다.) 〈경향신문〉 기자이던 강처중 역시 남한을 떠났기 때문이다.(강처중은 1950년 9월 4일 가족들에게 소련에 가서 공부하겠다는 말을 남기고 집을 나간 뒤 행방이 묘연해졌다. 당시 강처중은 남로당 지하당원 혐의로 사형을 선고받고 처형을 기다리고 있었는데, 한국전쟁이 발발해 서울에 입성한 인민군이 형무소를 개방하자 집으로 돌아와 두 달 남짓 요양하다가 남한을 떠난 것이다.) 6.25전쟁 이후 남북한의 이념 대립이 첨예하던 시기인 1955년에 나온 증보판에서는 정지용과 강처중의 글이 사라지고 그 대신 정병욱鄭炳昱의 후기와 윤일주尹一柱가 쓴 '선백先伯의 생애'가 실렸다. 1979년 증보판에는 백철白鐵, 박두진朴斗鎭, 문익환文益煥의 후기가 실렸다.

　이 책에서는 이 모든 서문과 발문 등을 총망라해 9장으로 따로 실었다. 정지용, 유영, 강처중 등의 추모 글은 그 자체가 하나의 훌륭한 문학작품이다.

　이 시집의 표기는 가능한 현대어 표기법을 따르면서 읽기에 지장이 없는 한 당시의 표기법 그대로 표기해 원문의 느낌을 최대한 살리고자 했으며, '얼골/얼굴' '코쓰모쓰/코스모스' 등 발간 연도에 따라 다르게 실린 몇몇 단어는 그 변화가 와 닿을 수 있도록 당시에 발간된 대로 표기하였다. 그 외 「윤동주 연보」에 쓴 작품 제목은 현대어를 따랐다.

◇ 2

흰 그림자

산울림

산문

나중에 발굴된 시

서
문
·
후
기
·
발
문

서시序詩
"하늘과 바람과 별과 시詩"

죽는 날까지 하늘을 우러러

한 점 부끄럼이 없기를,

잎새에 이는 바람에도

나는 괴로워했다.

별을 노래하는 마음으로

모든 죽어가는 것을 사랑해야지

그리고 나한테 주어진 길을

걸어가야겠다.

오늘 밤에도 별이 바람에 스치운다.

(1941. 11. 20)

1

하늘과 바람과 별과 시

자화상自畵像

산모퉁이를 돌아 논가 외딴 우물을 홀로 찾아가선 가만히 들여다봅니다.

우물 속에는 달이 밝고 구름이 흐르고 하늘이 펼치고 파아란 바람이 불고 가을이 있습니다.

그리고 한 사나이가 있습니다.
어쩐지 그 사나이가 미워져 돌아갑니다.

돌아가다 생각하니 그 사나이가 가엾어집니다. 도로 가 들여다보니 사나이는 그대로 있습니다.

다시 그 사나이가 미워져 돌아갑니다.
돌아가다 생각하니 그 사나이가 그리워집니다.

우물 속에는 달이 밝고 구름이 흐르고 하늘이 펼치고 파아란 바람이 불고 가을이 있고 추억追憶처럼 사나이가 있습니다.

(1939. 9)

소년少年

여기저기서 단풍잎 같은 슬픈 가을이 뚝뚝 떨어진다. 단풍잎 떨어져 나온 자리마다 봄을 마련해 놓고 나무가지 위에 하늘이 펼쳐 있다. 가만히 하늘을 들여다 보려면 눈썹에 파란 물감이 든다. 두 손으로 따뜻한 볼을 쓸어보면 손바닥에도 파란 물감이 묻어난다. 다시 손바닥을 들여다본다. 손금에는 맑은 강물이 흐르고, 맑은 강물이 흐르고, 강물속에는 사랑처럼 슬픈 얼골― 아름다운 순이順伊의 얼골이 어린다. 소년少年은 황홀히 눈을 감어본다. 그래도 맑은 강물은 흘러 사랑처럼 슬픈 얼골― 아름다운 순이順伊의 얼골은 어린다.

(1939)

눈 오는 지도地圖

순이順伊가 떠난다는 아츰에 말 못할 마음으로 함박눈이 나려,
슬픈 것처럼 창밖에 아득히 깔린 지도 위에 덮인다.
방 안을 돌아다 보아야 아무도 없다. 벽과 천정이 하얗다. 방
안에까지 눈이 나리는 것일까, 정말 너는 잃어버린 역사처럼
홀홀이 가는 것이냐, 떠나기 전에 일러둘 말이 있든 것을 편지
를 써서도 네가 가는 곳을 몰라 어느 거리, 어느 마을, 어느 지
붕 밑, 너는 내 마음속에만 남어 있는 것이냐, 네 쪼고만 발자
욱을 눈이 자꾸 나려 덮여 따라갈 수도 없다. 눈이 녹으면 남
은 발자욱 자리마다 꽃이 피리니 꽃 사이로 발자욱을 찾어 나
서면 일년열두달 하냥 내 마음에는 눈이 나리리라.

(1941. 3. 12)

돌아와 보는 밤

세상으로부터 돌아오듯이 이제 내 좁은 방에 돌아와 불을 끄옵니다. 불을 켜두는 것은 너무나 피로롭은 일이옵니다. 그것은 낮의 연장延長이옵기에―

이제 창을 열어 공기를 바꾸어 들여야 할 텐데 밖을 가만히 내다 보아야 방 안과 같이 어두워 꼭 세상 같은데 비를 맞고 오던 길이 그대로 비 속에 젖어 있사옵니다.

하루의 울분을 씻을바 없어 가만히 눈을 감으면 마음속으로 흐르는 소리, 이제, 사상思想이 능금처럼 저절로 익어 가옵니다.

(1941. 6)

병원病院

살구나무 그늘로 얼골을 가리고 병원 뒤뜰에 누워, 젊은 여자가 흰옷 아래로 하얀 다리를 드려내 놓고 일광욕을 한다. 한나절이 기울도록 가슴을 앓는다는 이 여자를 찾어 오는 이, 나비한 마리도 없다. 슬프지도 않은 살구나무가지에는 바람조차 없다.

나도 모를 아픔을 오래 참다 처음으로 이곳에 찾어 왔다. 그러나 나의 늙은 의사는 젊은이의 병을 모른다. 나한테는 병이 없다고 한다. 이 지나친 시련, 이 지나친 피로, 나는 성내서는 안된다.

여자는 자리에서 일어나 옷깃을 여미고 화단에서 금잔화 한 포기를 따 가슴에 꼽고 병실 안으로 사라진다. 나는 그 여자의 건강이— 아니 내 건강도 속히 회복되기를 바라며 그가 누웠던 그 자리에 누워본다.

(1940.12)

새로운 길

내를 건너서 숲으로
고개를 넘어서 마을로

어제도 가고 오늘도 갈
나의 길 새로운 길

민들레가 피고 까치가 날고
아가씨가 지나고 바람이 일고

나의 길은 언제나 새로운 길
오늘도… 내일도…

내를 건너서 숲으로
고개를 넘어서 마을로

(1938. 5. 10)

간판看板없는 거리

정거장 플랫폼에
나렸을 때 아무도 없어,

다들 손님들뿐,
손님 같은 사람들뿐,

집집마다 간판이 없어
집 찾을 근심이 없어

빨갛게
파랗게
불붙는 문자도 없이

모퉁이마다
자애로운 헌 와사등瓦斯燈
불을 혀놓고,

손목을 잡으면
다들, 어진사람들
다들, 어진사람들

봄, 여름, 가을, 겨울,

순서로 돌아들고.

(1941)

태초太初의 아침

봄날 아침도 아니고
여름, 가을, 겨울,
그런 날 아침도 아닌 아침에

빨―간 꽃이 피어났네,
햇빛이 푸른데,

그 전날 밤에
그 전날 밤에
모든 것이 마련되었네,

사랑은 뱀과 함께
독毒은 어린 꽃과 함께

또 태초太初의 아침

하얗게 눈이 덮이었고
전신주가 잉잉 울어
하나님 말씀이 들려온다.

무슨 계시일까.

빨리
봄이 오면
죄罪를 짓고
눈이
밝어

이브가 해산解産하는 수고를 다하면

무화과 잎사귀로 부끄런데를 가리고

나는 이마에 땀을 흘려야겠다.

(1941. 5. 31)

새벽이 올 때까지

다들 죽어가는 사람들에게
검은 옷을 입히시오.

다들 살아가는 사람들에게
흰옷을 입히시오.

그리고 한 침대에
가즈런이 잠을 재우시오.

다들 울거들랑
젖을 먹이시오.

이제 새벽이 오면
나팔소리 들려올 게외다.

(1941. 5)

무서운 시간時間

거 나를 부르는 것이 누구요,

가랑잎 잎파리 푸르러 나오는 그늘인데,
나 아직 여기 호흡이 남어 있소.

한번도 손들어 보지 못한 나를
손들어 표할 하늘도 없는 나를

어디에 내 한 몸 둘 하늘이 있어
나를 부르는 것이오.

일을 마치고 내 죽는 날 아침에는
서럽지도 않은 가랑잎이 떨어질텐데……

나를 부르지 마오.

(1941. 2. 7)

십자가 十字架

쫓아오던 햇빛인데
지금 교회당 꼭대기
십자가에 걸리었습니다.

첨탑이 저렇게도 높은데
어떻게 올라갈 수 있을까요.

종소리도 들려오지 않는데
휘파람이나 불며 서성거리다가,

괴로웠던 사나이,
행복한 예수·그리스도에게
처럼
십자가가 허락된다면

모가지를 드리우고
꽃처럼 피어나는 피를
어두워가는 하늘 밑에
조용히 흘리겠습니다.

(1941. 5. 31)

바람이 불어

바람이 어디로부터 불어와
어디로 불려가는 것일까,

바람이 부는데
내 괴로움에는 이유가 없다.

내 괴로움에는 이유가 없을까,

단 한 여자를 사랑한 일도 없다.
시대時代를 슬퍼한 일도 없다.

바람이 자꼬 부는데
내 발이 반석 위에 섰다.

강물이 자꼬 흐르는데
내 발이 언덕 위에 섰다.

(1941. 6. 2)

슬픈 족속族屬

흰 수건이 검은 머리를 두르고
흰 고무신이 거친 발에 걸리우다.

흰 저고리 치마가 슬픈 몸집을 가리고
흰 띠가 가는 허리를 질끈 동이다.

(1938. 9)

눈감고 간다

태양을 사모하는 아이들아
별을 사랑하는 아이들아

밤이 어두웠는데
눈감고 가거라.

가진 바 씨앗을
뿌리면서 가거라.

발뿌리에 돌이 채이거든
감았던 눈을 와짝 떠라.

(1941. 5. 31)

또 다른 고향

고향에 돌아온 날 밤에
내 백골白骨이 따라와 한 방에 누웠다.

어둔 방은 우주로 통하고
하늘에선가 소리처럼 바람이 불어온다.

어둠속에 곱게 풍화작용하는
백골을 들여다보며
눈물짓는 것이 내가 우는 것이냐
백골이 우는 것이냐
아름다운 혼魂이 우는 것이냐

지조 높은 개는
밤을 새워 어둠을 짖는다.

어둠을 짖는 개는
나를 쫓는 것일 게다.

가자 가자
쫓기우는 사람처럼 가자

백골 몰래

아름다운 또 다른 고향에 가자.

(1941. 9)

길

잃어 버렸습니다.
무얼 어디다 잃었는지 몰라
두 손이 주머니를 더듬어
길게 나아갑니다.

돌과 돌과 돌이 끝없이 연달아
길은 돌담을 끼고 갑니다.

담은 쇠문을 굳게 닫아
길 위에 긴 그림자를 드리우고

길은 아침에서 저녁으로
저녁에서 아침으로 통했습니다.

돌담을 더듬어 눈물 짓다
쳐다보면 하늘은 부끄럽게 푸릅니다.

풀 한포기 없는 이 길을 걷는 것은
담 저쪽에 내가 남아 있는 까닭이고,

내가 사는 것은 다만,

잃은 것을 찾는 까닭입니다.

(1941. 9. 31)

별 헤는 밤

계절이 지나가는 하늘에는
가을로 가득 차 있습니다.

나는 아무 걱정도 없이
가을 속의 별들을 다 헤일 듯합니다.

가슴속에 하나 둘 새겨지는 별을
이제 다 못 헤는 것은
쉬이 아침이 오는 까닭이오,
내일 밤이 남은 까닭이오,
아직 나의 청춘이 다하지 않은 까닭입니다.

별 하나에 추억과
별 하나에 사랑과
별 하나에 쓸쓸함과
별 하나에 동경과
별 하나에 시와
별 하나에 어머니, 어머니,
어머님, 나는 별 하나에 아름다운 말 한마디씩 불러봅니다. 소
학교 때 책상을 같이 했던 아이들의 이름과 패, 경, 옥 이런 이

국소녀들의 이름과, 벌써 애기 어머니 된 계집애들의 이름과,
가난한 이웃사람들의 이름과, 비둘기, 강아지, 토끼, 노새, 노
루, "프랑시스·잠" "라이너·마리아·릴케" 이런 시인의 이름
을 불러 봅니다.

이네들은 너무나 멀리 있습니다.
별이 아스라이 멀듯이.

어머님,
그리고, 당신은 멀리 북간도에 계십니다.

나는 무엇인지 그리워
이 많은 별빛이 내린 언덕 위에
내 이름자를 써보고,
흙으로 덮어 버리었습니다.

따는 밤을 새워 우는 벌레는
부끄러운 이름을 슬퍼하는 까닭입니다.

그러나 겨울이 지나고 나의 별에도 봄이 오면
무덤 위에 파란 잔디가 피어나듯이
내 이름자 묻힌 언덕 위에도
자랑처럼 풀이 무성할 게외다.

(1941. 11. 5)

2

흰 그림자

흰 그림자

황혼이 짙어지는 길모금에서
하루 종일 시들은 귀를 가만히 기울이면
땅거미 옮겨지는 발자취 소리,

발자취 소리를 들을 수 있도록
나는 총명했든가요.

이제 어리석게도 모든것을 깨달은 다음
오래 마음 깊은 속에
괴로워하든 수많은 나를
하나, 둘 제 고장으로 돌려 보내면
거리 모통이 어둠 속으로
소리 없이 사라지는 흰 그림자,

흰 그림자들
연연히 사랑하든 흰 그림자들,

내 모든것을 돌려 보낸 뒤
허전히 뒷골목을 돌아
황혼처럼 물드는 내 방으로 돌아오면

신념信念이 깊은 으젓한 양羊처럼

하루 종일 시름없이 풀포기나 뜯자.

〔1942. 4. 14〕

사랑스런 추억追憶

봄이 오던 아침, 서울 어느 쪼그만 정거장에서 희망과 사랑처럼 기차를 기다려,

나는 플랫폼에 간신한 그림자를 떨어뜨리고, 담배를 피웠다.

내 그림자는 담배 연기 그림자를 날리고,
비둘기 한 떼가 부끄러울 것도 없이
나래 속을 속, 속, 햇빛에 비춰, 날았다.

기차는 아무 새로운 소식도 없이
나를 멀리 실어다 주어,

봄은 다 가고— 동경 교외郊外 어느 조용한 하숙방에서, 옛 거리에 남은 나를 희망과 사랑처럼 그리워한다.

오늘도 기차는 몇 번이나 무의미하게 지나가고,
오늘도 나는 누구를 기다려 정거장 가차운 언덕에서 서성거릴 게다.

—아아 젊음은 오래 거기 남아 있거라.

(1942. 5. 13)

흐르는 거리

으스럼이 안개가 흐른다. 거리가 흘러간다. 저 전차, 자동차, 모든 바퀴가 어디로 흘리워 가는 것일까? 정박할 아무 항구도 없이, 가련한 많은 사람들을 싣고서, 안개 속에 잠긴 거리는,

거리 모퉁이 붉은 포스트 상자를 붙잡고, 섰을라면 모든것이 흐르는 속에 어렴풋이 빛나는 가로등, 꺼지지 않는 것은 무슨 상징일까? 사랑하는 동무 박朴이여! 그리고 김金이여! 자네들은 지금 어디 있는가? 끝없이 안개가 흐르는데,

"새로운 날 아침 우리 다시 정답게 손목을 잡어 보세" 몇 자 적어 포스트 속에 떨어트리고, 밤을 새워 기다리면 금휘장에 금단추를 삐었고 거인처럼 찬란히 나타나는 배달부, 아침과 함께 즐거운 내림來臨,

이 밤을 하염없이 안개가 흐른다.

(1942. 5. 12)

쉽게 씌어진 시詩

창밖에 밤비가 속살거려
육첩방六疊房은 남의 나라,

시인이란 슬픈 천명天命인줄 알면서도
한 줄 시를 적어 볼까,

땀내와 사랑내 포근히 품긴
보내주신 학비 봉투를 받아

대학 노—트를 끼고
늙은 교수의 강의 들으러 간다.

생각해 보면 어릴 때 동무들
하나, 둘, 죄다 잃어버리고

나는 무얼 바라
나는 다만, 홀로 침전하는 것일까?

인생은 살기 어렵다는데
시가 이렇게 쉽게 씌어지는 것은

부끄러운 일이다.

육첩방은 남의 나라
창밖에 밤비가 속살거리는데,

등불을 밝혀 어둠을 조곰 내몰고,
시대처럼 올 아침을 기다리는 최후의 나,

나는 나에게 적은 손을 내밀어
눈물과 위안으로 잡는 최초의 악수.

(1942. 6. 3)

봄

봄이 혈관속에 시내처럼 흘러
돌, 돌, 시내 가차운 언덕에
개나리, 진달래, 노오란 배추꽃,

삼동三冬을 참어온 나는
풀포기처럼 피어난다.

즐거운 종달새야
어느 이랑에서나 즐거웁게 솟쳐라.

푸르른 하늘은
아른아른 높기도 한데……

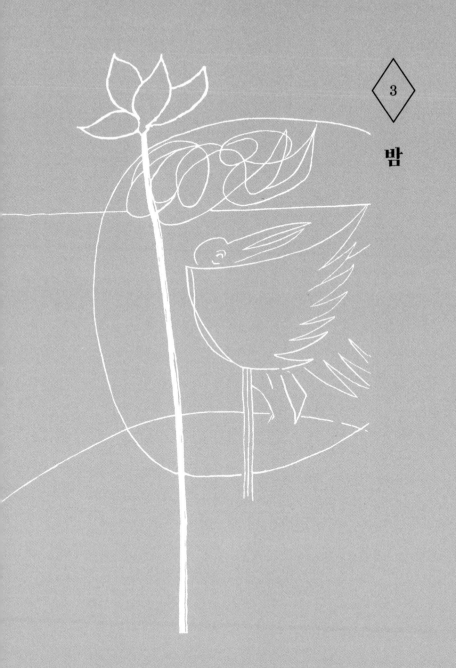

3

밤

밤

외양간 당나귀
아―ㅇ 앙 외마디 울음 울고,

당나귀 소리에
으―아 아 애기 소스라쳐 깨고,

등잔에 불을 다오.

아버지는 당나귀에게
짚을 한 키 담아주고,

어머니는 애기에게
젖을 한 모금 먹이고,

밤은 다시 고요히 잠드오.

(1937. 3)

유언 遺言

후어 ― ㄴ한 방에
유언은 소리 없는 입놀림.

―바다에 진주 캐려 갔다는 아들
해녀와 사랑을 속삭인다는 맏아들,
이 밤에사 돌아오나 내다봐라―

평생 외롭든 아버지의 운명殞命
감기우는 눈에 슬픔이 어린다.

외딴집에 개가 짖고
휘양찬 달이 문살에 흐르는 밤.

(1937. 10. 24)

아우의 인상화印象畵

붉은 이마에 싸늘한 달이 서리어
아우의 얼골은 슬픈 그림이다.

발걸음을 멈추어
살그머니 애띤 손을 잡으며
"너는 자라 무엇이 되려니"
"사람이 되지"
아우의 설운 진정코 설운 대답이다.

슬며―시 잡았든 손을 놓고
아우의 얼골을 다시 들여다 본다.

싸늘한 달이 붉은 이마에 젖어
아우의 얼골은 슬픈 그림이다.

(1938. 9. 15)

위로慰勞

거미란 놈이 흉한 심보로 병원 뒤뜰 난간과 꽃밭 사이 사람 발이 잘 닿지 않는 곳에 그물을 쳐 놓았다. 옥외 요양을 받는 젊은 사나이가 누워서 치어다 보기 바르게—

나비가 한 마리 꽃밭에 날어 들다 그물에 걸리었다. 노—란 날개를 파득거려도 파득거려도 나비는 자꼬 감기우기만 한다. 거미가 쏜살같이 가더니 끝없는 끝없는 실을 뽑아 나비의 온몸을 감어버린다. 사나이는 긴 한숨을 쉬었다.

나이보담 무수한 고생 끝에 때를 잃고 병을 얻은 이 사나이를 위로할 말이—거미줄을 헝클어 버리는 것밖에 위로의 말이 없었다.

(1940. 12. 3)

간(肝)

바닷가 햇빛 바른 바위 우에
습한 간을 펴서 말리우자,

코카서스 산중에서 도망해 온 토끼처럼
둘러리를 빙빙 돌며 간을 지키자,

내가 오래 기르든 여윈 독수리야!
와서 뜯어먹어라, 시름없이

너는 살지고
나는 여위어야지, 그러나,

거북이야!
다시는 용궁의 유혹에 안 떨어진다.

프로메테우스 불쌍한 프로메테우스
불 도적한 죄로 목에 맷돌을 달고

끝없이 침전하는 프로메테우스.

(1941. 11. 29)

산골물

괴로운 사람아 괴로운 사람아
옷자락 물결 속에서도
가슴속 깊이 돌돌 샘물이 흘러
이 밤을 더불어 말할 이 없도다.
거리의 소음과 노래 부를 수 없도다.
그신듯이 냇가에 앉았으니
사랑과 일을 거리에 맡기고
가만히 가만히
바다로 가자,
바다로 가자.

〈1939〉

참회록懺悔錄

파란 녹이 낀 구리거울 속에
내 얼골이 남어있는 것은
어느 왕조의 유물이기에
이다지도 욕될까

나는 나의 참회의 글을 한 줄에 줄이자
―만 이십사 년 일 개월을
　무슨 기쁨을 바라 살아왔든가

내일이나 모레나 그 어느 즐거운 날에
나는 또 한 줄의 참회록을 써야한다.
―그때 그 젊은 나이에
　왜 그런 부끄런 고백을 했든가

밤이면 밤마다 나의 거울을
손바닥으로
발바닥으로 닦어보자.

그러면 어느 운석隕石 밑으로 홀로 걸어가는
슬픈 사람의 뒷모양이

거울 속에 나타나 온다.

〔1942〕

4

팔
복

팔복八福
— 마태복음 5장 3-12

슬퍼하는 자는 복이 있나니

슬퍼하는 자는 복이 있나니

슬퍼하는 자는 복이 있나니

슬퍼하는 자는 복이 있나니

슬퍼하는 자는 복이 있나니

슬퍼하는 자는 복이 있나니

슬퍼하는 자는 복이 있나니

슬퍼하는 자는 복이 있나니

저희가 영원히 슬플 것이오.

(1940. 12)

못 자는 밤

하나, 둘, 셋, 네
……………………
밤은
많기도 하다.

(1940)

달같이

연륜年輪이 자라듯이
달이 자라는 고요한 밤에
달같이 외로운 사랑이
가슴 하나 뻐근히
연륜처럼 피어 나간다.

(1939. 9)

고추 밭

시들은 잎새 속에서
고 빠알간 살을 드러내 놓고,
고추는 방년芳年된 아가씬양
땍볕에 자꼬 익어간다.

할머니는 바구니를 들고
밭머리에서 어정거리고
손가락 너어는 아이는
할머니 뒤만 따른다.

(1938. 10. 26)

사랑의 전당殿堂

순順아 너는 내 전殿에 언제 들어왔든 것이냐?
내사 언제 네 전殿에 들어갔든 것이냐?

우리들의 전당은
고풍古風한 풍습이 어린 사랑의 전당

순아 암사슴처럼 수정눈을 나려감어라.
난 사자처럼 엉크린 머리를 고루련다.

우리들의 사랑은 한낱 벙어리였다.

성스런 촛대에 열熱한 불이 꺼지기 전
순아 너는 앞문으로 내 달려라.

어둠과 바람이 우리 창에 부닥치기 전
나는 영원한 사랑을 안은 채
뒷문으로 멀리 사라지련다.

이제 네게는 삼림森林속의 아늑한 호수가 있고
내게는 준험한 산맥이 있다.

(1938. 6. 19)

이적異蹟

발에 터부한 것을 다 빼어 바리고
황혼이 호수 위로 걸어 오듯이
나도 사뿐사뿐 걸어 보리이까?

내사 이 호수가로
부르는 이 없이
불리워 온 것은
참말 이적異蹟이외다.

오늘따라
연정戀情, 자홀自惚, 시기猜忌, 이것들이
자꼬 금메달처럼 만져지는구려

하나, 내 모든 것을 여념 없이
물결에 씻어 보내려니
당신은 호면湖面으로 나를 불러 내소서.

(1938. 6. 15)

비오는 밤

쏴― 철석! 파도소리 문살에 부서져
잠 살포시 꿈이 흩어진다.

잠은 한낱 검은 고래떼처럼 살래어,
달랠 아무런 재주도 없다.

불을 밝혀 잠옷을 정성스리 여미는
삼경三更.
염원念願.

동경憧憬의 땅 강남에 또 홍수질 것만 싶어,
바다의 향수보다 더 호젓해진다.

(1938. 6. 11)

창窓

쉬는 시간마다
나는 창녘으로 갑니다.

― 창은 산 가르침.

이글이글 불을 피워주소,
이 방에 찬 것이 서립니다.

단풍잎 하나
맴 도나 보니
아마도 작으마한 선풍旋風이 인게외다.

그래도 싸느란 유리창에
햇살이 쨍쨍한 무렵,
상학종上學鐘이 울어만 싶습니다.

(1937. 10)

바다

실어다 뿌리는
바람 조차 씨원타.

솔나무 가지마다 샛춤히
고개를 돌리어 뻐들어지고,

밀치고
밀치운다.

이랑을 넘는 물결은
폭포처럼 피어오른다.

해변에 아이들이 모인다
찰찰 손을 씻고 구보로.

바다는 자꼬 섧어진다.
갈매기의 노래에⋯⋯⋯

돌아다 보고 돌아다 보고
돌아가는 오늘의 바다여!

(1937. 9 원산 송도원에서)

비로봉毘盧峰

만상萬象을
굽어 보기란—

무릎이
오들오들 떨린다.

백화白樺
어려서 늙었다.

새가
나비가 된다.

정말 구름이
비가 된다.

옷자락이
칩다.

〔1937. 9〕

산협山峽의 오후午後

내 노래는 오히려
섧은 산울림.

골짜기 길에
떨어진 그림자는
너무나 슬프구나

오후의 명상은
아— 졸려.

(1937. 9)

명상瞑想

가츨가츨한 머리칼은 오막살이 처마끝,

쉬파람에 콧마루가 서운한 양 간질키오.

들창 같은 눈은 가볍게 닫혀

이 밤에 연정戀情은 어둠처럼 골골히 스며드오.

〔1937.8.20〕

소낙비

번개, 뇌성, 왁자지근 뚜다려
머―ㄴ 도회지都會地에 낙뢰가 있어만 싶다.

벼루짱 엎어논 하늘로
살같은 비가 살처럼 쏟아진다.

손바닥만한 나의 정원이
마음같이 흐린 호수되기 일쑤다.

바람이 팽이처럼 돈다.
나무가 머리를 이루 잡지 못한다.

내 경건한 마음을 모셔드려
노아때 하늘을 한 모금 마시다.

(1937. 8. 9)

한난계 寒暖計

싸늘한 대리석 기둥에 목아지를 비틀어 맨 한난계,
문득 들여다볼 수 있는 운명運命한 5척 6촌의 허리 가는
수은주,
마음은 유리관보다 맑소이다.

혈관이 단조로워 신경질인 여론동물輿論動物,
가끔 분수같은 냉침을 억지로 삼키기에
정력을 낭비합니다.

영하로 손구락질 할 수돌네 방처럼 추운 겨울보다
해바라기 만발한 8월 교정이 이상理想 곱소이다.
피끓을 그날이 ―

어제는 막 소낙비가 퍼붓더니 오늘은 좋은 날씨올시다.
동저고리 바람에 언덕으로, 숲으로 하시구려 ―
이렇게 가만 가만 혼자서 귓속 이야기를 하였습니다.

나는 또 내가 모르는 사이에 ―
나는 아마도 진실한 세기의 계절을 따라 ―
하늘만 보이는 울타리 안을 뛰쳐,

역사같은 포지선을 지켜야 봅니다.

(1937. 7. 1)

풍경 風景

봄바람을 등진 초록빛 바다
쏟아질 듯 쏟아질 듯 위태롭다.

잔주름 치마폭의 두둥실거리는 물결은,
오스라질듯 한끝 경쾌롭다.

마스트 끝에 붉은 깃발이
여인의 머리칼처럼 나부낀다.

☆　　☆

이 생생한 풍경을 앞세우며 뒤세우며
외—ㄴ 하루 거닐고 싶다.

──우중충한 오월 하늘 아래로,
──바다빛 포기포기에 수놓은 언덕으로,

(1937. 5. 29)

달밤

흐르는 달의 흰 물결을 밀쳐
여윈 나무 그림자를 밟으며
북망산을 향한 발걸음은 무거웁고
고독을 반려伴侶한 마음은 슬프기도 하다.

누가 있어만 싶은 묘지엔 아무도 없고,
정적만이 군데군데 흰 물결에 폭 젖었다.

(1937. 4. 15)

장

이른 아침 아낙네들은 시들은 생활을
바구니 하나 가득 담아 이고……
업고 지고…… 안고 들고……
모여드오 자꾸 장에 모여드오.

가난한 생활을 골골이 버려놓고
밀려가고 밀려오고……
제마다 생활을 외치오…… 싸우오.

온 하루 올망졸망한 생활을
되질하고 저울질하고 자질하다가
날이 저물어 아낙네들이
쓴 생활과 바꾸어 또 이고 돌아가오.

〔1937. 봄〕

황혼黃昏이 바다가 되어

하루도 검푸른 물결에
흐느적 잠기고…… 잠기고……

저 — 왼 검은 고기떼가
물든 바다를 날아 횡단할고.

낙엽이 된 해초海草
해초마다 슬프기도 하오.

서창西窓에 걸린 해말간 풍경화.
옷고름 너어는 고아의 서름.

이제 첫 항해하는 마음을 먹고
방바닥에 나딩구오…… 딩구오……

황혼이 바다가 되어
오늘도 수많은 배가

나와 함께 이 물결에 잠겼을게요.

(1937. 1)

아침

휙, 휙, 휙,
소꼬리가 부드러운 채찍질로
어둠을 쫓아,
캄, 캄, 어둠이 깊다깊다 밝으오.

이제 이 동리의 아침이
풀살 오른 소엉덩이처럼 푸드오.
이 동리 콩죽 먹은 사람들이
땀물을 뿌려 이 여름을 길렀오.

잎, 잎, 풀잎마다 땀방울이 맺혔오.
구김살 없는 이 아침을
심호흡하오 또 하오.

(1936)

빨래

빨래줄에 두 다리를 드리우고
흰 빨래들이 귓속 이야기하는 오후,

쟁쟁한 칠월 햇발은 고요히도
아담한 빨래에만 달린다.

〔1936〕

꿈은 깨어지고

잠은 눈을 떴다
그윽한 유무幽霧에서.

노래하든 종달이
도망쳐 날아나고,

지난날 봄타령하든
금잔디밭은 아니다.

탑은 무너졌다,
붉은 마음의 탑이 —

손톱으로 새긴 대리석탑이 —
하로 저녁 폭풍에 여지없이도,

오오 황폐의 쑥밭,
눈물과 목메임이여!

꿈은 깨어졌다
탑은 무너졌다.

(1936. 7. 27)

산림山林

시계가 자근자근 가슴을 따려
불안한 마음을 산림이 부른다.

천년 오래인 연륜에 짜들은 유암幽暗한 산림이,
고달픈 한몸을 포옹할 인연을 가졌나보다.

산림의 검은 파동 우으로부터
어둠은 어린 가슴을 짓밟고

이파리를 흔드는 저녁바람이
쇠— 공포에 떨게한다.

멀리 첫여름의 개고리 재질댐에
흘러간 마을의 과거는 아질타.

나무 틈으로 반짝이는 별만이
새날의 희망으로 나를 이끈다.

(1936. 6. 26)

이런 날

사이좋은 정문의 두 돌기둥 끝에서
오색기와 태양기가 춤을 추는 날,
금을 그은 지역의 아이들이 즐거워 하다.

아이들에게 하루의 건조한 학과學課로
해말간 권태가 깃들고
「모순矛盾」 두 자를 이해치 못하도록
머리기 단순하였구나.

이런 날에는
잃어 버린 완고하던 형을
부르고 싶다.

(1936. 6. 10)

산상山上

거리가 바둑판처럼 보이고,
강물이 배암의 새끼처럼 기는
산 위에까지 왔다.
아직쯤은 사람들이
바둑돌처럼 버려 있으리라.

한나절의 태양이
함석지붕에만 비치고,
굼벵이 걸음을 하든 기차가
정거장에 섰다가 검은 내를 토하고
또 걸음발을 탄다.

텐트같은 하늘이 무너져
이 거리를 덮을까 궁금하면서
좀더 높은 데로 올라가고 싶다.

(1936. 5)

양지陽地쪽

저쪽으로 황토 실은 이 땅 봄바람이
호인胡人의 물레바퀴처럼 돌아 지나고

아롱진 사월 태양의 손길이
벽을 등진 슲은 가슴마다 올올이 만진다.

지도째기 놀음에 뉘 땅인줄 모르는 애 둘이
한 뼘 손가락이 짧음을 한恨함이어

아서라! 가뜩이나 엷은 평화가
깨어질까 근심스럽다.

〈1936. 6〉

닭

한 간間 계사鷄舍 그 너머 창공이 깃들어
자유의 향토를 잊은 닭들이
시들은 생활을 주잘대고
생산의 고로苦勞를 부르짖었다.

음산陰酸한 계사에서 쏠려나온
외래종 레구홍,
학원學園에서 새 무리가 밀려나오는
삼월의 맑은 오후도 있다.

닭들은 녹아드는 두엄을 파기에
아담한 두 다리가 분주하고
굶주렸든 주두리가 바즈런하다.
두 눈이 붉게 여므도록—

〔1936. 봄〕

가슴 1

소리 없는 북,

답답하면 주먹으로

뚜다려 보오.

그래 봐도

후—

가아는 한숨보다 못하오.

(1936. 3. 25. 평양에서)

가슴 3[01]

불 꺼진 화火독을
안고 도는 겨울밤은 깊었다.

재만 남은 가슴이
문풍지 소리에 떤다.

(1936. 7. 24)

---

01 『하늘과 바람과 별과 시』 1955년본과 1979년본에는 〈가슴 2〉로 인쇄되어 있으나, 윤
동주의 원문은 〈가슴 3〉이고 1936년에 썼다. 따라서 이 책 175쪽의 〈가슴 2〉는 1935년
에 쓴 시이다.

비둘기

안아보고 싶게 귀여운

산비둘기 일곱 마리

하늘 끝까지 보일듯이 맑은 공일날 아침에

벼를 거두어 빤빤한 논에

앞을 다투어 모이를 주으며

어려운 이야기를 주고 받으오

날신한 두 나래로 조용한 공기를 흔들어

두 마리가 나오

집에 새끼 생각이 나는 모양이오.

(1936. 3. 10)

황혼黄昏

햇살은 미닫이 틈으로
길죽한 일자一字를 쓰고…… 지우고……

까마귀떼 지붕 우으로
둘, 둘, 셋, 넷, 자꼬 날아 지난다.
쑥쑥, 꿈틀꿈틀 북쪽 하늘로,

내사………
북쪽 하늘에 나래를 펴고 싶다.

(1936. 2. 25. 평양에서)

남南쪽 하늘

제비는 두 나래를 가지었다.
시산한 가을날—

어머니의 젖가슴이 그리운
서리 나리는 저녁—
어린 영靈은 쪽나래의 향수를 타고
남쪽 하늘에 떠돌 뿐—

(1935. 10. 평양에서)

창공 蒼空

그 여름날

열정의 포플러는

오려는 창공의 푸른 젖가슴을

어루만지려

팔을 펼쳐 흔들거렸다.

끓는 태양 그늘 좁다란 지점에서

천막 같은 하늘 밑에서

떠들던, 소나기

그리고 번개를,

춤추든 구름을 이끌고

남방南方으로 도망하고,

높다랗게 창공은 한 폭으로

가지 위에 퍼지고

둥근 달과 기러기를 불러왔다.

푸드른 어린 마음이 이상理想에 타고,

그의 동경憧憬의 날 가을에

조락凋落의 눈물을 비웃다.

(1935. 10. 20. 평양에서)

거리에서

달밤의 거리
광풍狂風이 휘날리는
북국北國의 거리
도시의 진주眞珠
전등 밑을 헤엄치는
조그만 인어人魚 나,
달과 전등에 비쳐
한 몸에 둘셋의 그림자,
커졌다 작아졌다.

괴롬의 거리
회색빛 밤거리를
걷고 있는 이 마음
선풍旋風이 일고 있네
외로우면서도
한 갈피 두 갈피
피어나는 마음의 그림자,
푸른 공상空想이
높아졌다 낮아졌다.

(1935. 1. 18)

삶과 죽음

삶은 오늘도 죽음의 서곡序曲을 노래하였다.
이 노래가 언제나 끝나랴

세상사람은—
뼈를 녹여내는 듯한 삶의 노래에
춤을 춘다
사람들은 해가 넘어가기 전
이 노래 끝의 공포를
생각할 사이가 없었다.

하늘 복판에 아로새기듯이
이 노래를 부른 자가 누구뇨

그리고 소낙비 그친 뒤같이도
이 노래를 그친 자가 누구뇨

죽고 뼈만 남은
죽음의 승리자 위인偉人들!

(1934. 12. 24)

초한대

초 한 대—
내 방에 품긴 향내를 맡는다.

광명의 제단이 무너지기 전
나는 깨끗한 제물을 보았다.

염소의 갈비뼈 같은 그의 몸,
그의 생명인 심지心志까지
백옥 같은 눈물과 피를 흘려
불살려 버린다.

그리고도 책상머리에 아롱거리며
선녀처럼 촛불은 춤을 춘다.

매를 본 꿩이 도망하듯이
암흑暗黑이 창구멍으로 도망한
나의 방에 품긴

제물의 위대한 향내를 맛보노라.

(1934. 12. 24)

5

산
울
림

산울림

까치가 울어서
산울림,
아무도 못들은
산울림,

까치가 들었다,
산울림,
저 혼자 들었다,
산울림,

(1938. 5)

해바라기 얼굴

누나의 얼굴은
　해바라기 얼굴
해가 금방 뜨자
　일터에 간다.

해바라기 얼굴은
　누나의 얼굴
얼굴이 숙이들어
　집으로 온다.

〔1938〕

귀뜨라미와 나와

귀뜨라미와 나와
잔디밭에서 이야기했다.

귀뜰귀뜰
귀뜰귀뜰

아무게도 아르켜 주지말고
우리 둘만 알자고 약속했다.

귀뜰귀뜰
귀뜰귀뜰

귀뜨라미와 나와
달밝은 밤에 이야기했다.

(1938. 추정)

애기의 새벽

우리 집에는
닭도 없단다.
다만
애기가 젖 달라 울어서
새벽이 된다.

우리 집에는
시계도 없단다.
다만
애기가 젖 달라 보채어
새벽이 된다.

(1938. 추정)

햇빛·바람

손가락에 침 발러
쏘옥, 쏙, 쏙,
장에 가는 엄마 내다보려
문풍지를
쏘옥, 쏙, 쏙,

아침에 햇빛이 반짝,

손가락에 침 발러
쏘옥, 쏙, 쏙,
장에 가신 엄마 돌아오나
문풍지를
쏘옥, 쏙, 쏙,

저녁에 바람이 솔솔,

(1938. 추정)

반디불

가자 가자 가자
숲으로 가자
달조각을 주으려
숲으로 가자.

　그믐밤 반디불은
　부서진 달조각,

가자 가자 가자
숲으로 가자
달조각을 주으려
숲으로 가자.

〔1937. 추정〕

둘다

바다도 푸르고

하늘도 푸르고

바다도 끝없고

하늘도 끝없고

바다에 돌 던지고

하늘에 침 뱉고

바다는 벙글

하늘은 잠잠.

(1937. 추정)

거짓부리

똑, 똑, 똑,
문 좀 열어 주세요
하룻밤 자고 갑시다.
　밤은 깊고 날은 추운데
　거 누굴까?
문 열어 주고 보니
검둥이의 꼬리가
거짓부리한걸.

꼬끼요, 꼬끼요,
달걀 낳았다.
간난아 어서 집어 가거라
　간난이 뛰어가 보니
　달걀은 무슨 달걀,
고놈의 암탉이
대낮에 새빨간
거짓부리한걸.

(1937. 추정)

눈

지난밤에
눈이 소오복이 왔네

지붕이랑
길이랑 밭이랑
추워 한다고
덮어주는 이불인가봐

그러기에
추운 겨울에만 나리지

〈1936.12〉

참새

가을 지난 마당은 하이얀 종이
참새들이 글씨를 공부하지요.

째액째액 입으로 받아 읽으며
두 발로는 글씨를 연습하지요.

하루 종일 글씨를 공부하여도
쩍 지 한 자밖에는 더 못 쓰는 걸.

(1936. 1. 2)

버선본

어머니
누나 쓰다버린 습자지는
두었다간 뭣에 쓰나요?

그런 줄 몰랐드니
습자지에다 내 버선 놓고
가위로 오려
버선본 만드는걸.

어머니
내가 쓰다 버린 몽당연필은
두었다간 뭣에 쓰나요?

그런 줄 몰랐드니
천 위에다 버선본 놓고
침 발려 점을 찍곤
내 버선 만드는걸.

(1936. 12)

편지

누나!
이 겨울에도
눈이 가득히 왔습니다.

흰 봉투에
눈을 한 줌 넣고
글씨도 쓰지 말고
우표도 붙이시 말고
말숙하게 그대로
편지를 부칠까요?

누나 가신 나라엔
눈이 아니 온다기에.

(1936. 12. 추정)

봄

우리 애기는
아래 발치에서 코올코올,

고양이는
부뚜막에서 가릉가릉,

애기 바람이
나무가지에서 소올소올,

아저씨 햇님이
하늘 한가운데서 째앵째앵.

〈1936. 10〉

무얼 먹고 사나

바닷가 사람

물고기 잡아 먹고 살고

산골엣 사람

감자 구어 먹고 살고

별나라 사람

무얼 먹고 사나.

(1936. 10)

굴뚝

산골짜기 오막살이 낮은 굴뚝엔
몽기몽기 웨인 연기 대낮에 솟나,

감자를 굽는 게지 총각애들이
깜박깜박 검은 눈이 모여 앉아서
입술에 꺼멓게 숯을 바르고
옛이야기 한커리에 감자 하나씩.

산골짜기 오막살이 낮은 굴뚝엔
살랑살랑 솟아나네 감자 굽는 내.

(1936. 가을)

햇비

아씨처럼 나린다
보슬보슬 해ㅅ비
맞아주자 다같이
   옥수숫대 처럼 크게
   닷자엿자 자라게
   햇님이 웃는다
   나보고 웃는다.

하늘다리 놓였다
알롱알롱 무지개
노래하자 즐겁게
   동무들아 이리 오나
   다같이 춤을 추자
   햇님이 웃는다
   즐거워 웃는다

〔1936. 9. 9〕

빗자루

요오리 조리 베면 저고리 되고
이이렇게 베면 큰 총 되지.
　누나하고 나하고
　가위로 종이 쏠았더니
　어머니가 빗자루 들고
　누나 하나 나 하나
　엉덩이를 때렸소
　방바닥이 어지럽다고―

　아아니 아니
　고놈의 빗자루가
　방바닥 쓸기 싫으니
　그랬지 그랬어
괘씸하여 벽장 속에 감췄드니
이튿날 아침 빗자루가 없다고
어머니가 야단이지요.

(1936. 9. 9)

기왓장 내외

비오는날 저녁에 기왓장내외
잃어버린 외아들 생각나선지
꼬부라진 잔등을 어루만지며
쭈룩쭈룩 구슬피 울음웁니다.

대궐지붕 위에서 기왓장내외
아름답든 옛날이 그리워선지
주름잡힌 얼골을 어루만지며
물끄럼히 하늘만 쳐다봅니다.

오줌싸개 지도

빨래줄에 걸어 논
　요에다 그린 지도
지난밤에 내 동생
　오줌 싸 그린 지도

꿈에 가본 엄마 계신
　별나라 지돈가?
돈 벌러간 아빠 계신
　만주땅 지돈가?

(1936)

병아리

「뾰, 뾰, 뾰
엄마 젖 좀 주」
병아리 소리.

「꺽, 꺽, 꺽,
오냐 좀 기다려」
엄마닭 소리.

좀 있다가
병아리들은
엄마 품 속으로
다 들어 갔지요.

(1936. 1. 6)

조개껍질

아롱아롱 조개껍데기
울 언니 바닷가에서
주어온 조개껍데기

여긴여긴 북쪽 나라요
조개는 귀여운 선물
장난감 조개껍데기

데굴데굴 굴리며 놀다
짝 잃은 조개껍데기
한 짝을 그리워하네

아롱아롱 조개껍데기
나처럼 그리워하네
물소리 바닷물소리.

(1935. 12)

겨울

처마 밑에
시래기 다래미
바삭바삭
추어요.

길바닥에
말똥 동그램이
달랑달랑
얼어요.

(1936)

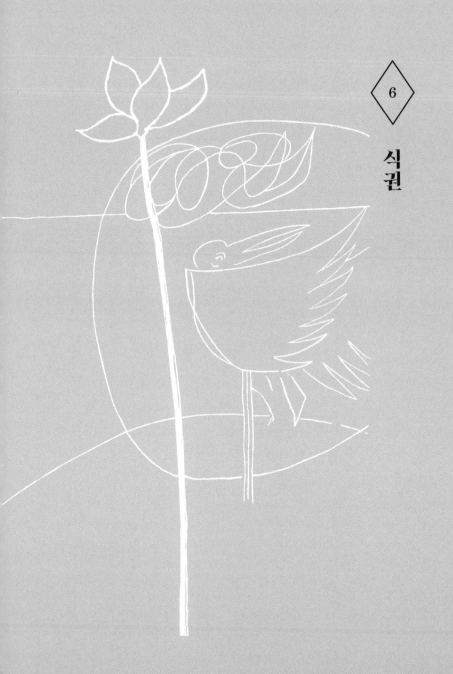

6

식권

식권食券

식권은 하루 세 끼를 준다.

식모는 젊은 아이들에게
한때 흰 그릇 셋을 준다.

대동강 물로 끓인 국,
평안도 쌀로 지은 밥,
조선의 매운 고추장,

식권은 우리 배를 부르게.

(1936. 3. 20)

종달새

종달새는 이른 봄날

질디진 거리의 뒷골목이

싫더라.

명랑한 봄하늘,

가벼운 두 나래를 펴서

요염한 봄노래가

좋더라.

그러나,

오늘도 구멍 뚫린 구두를 끌고,

훌렁훌렁 뒷거리 길로

고기새끼 같은 나는 헤매나니,

나래와 노래가 없음인가

가슴이 답답하구나.

〔1936. 3. 평상[01]〕

---

01 평상平想은 평양平壤에서 구상構想했다는 뜻이다.

이별離別

눈이 오다 물이 되는 날
잿빛 하늘에 또 뿌연내, 그리고
커다란 기관차는 빼―액― 울며,
조고만 가슴은 울렁거린다.

이별이 너무 재빠르다, 안타깝게도,
사랑하는 사람을,
일터에서 만나자 하고―

더운 손의 맛과 구슬 눈물이 마르기 전
기차는 꼬리를 산굽으로 돌렸다.

(1936. 3. 20. 영현군(永鉉君)을―)

모란봉牡丹峰에서

앙당한 소나무 가지에
훈훈한 바람의 날개가 스치고,
얼음 섞인 대동강물에
한나절 햇발이 미끄러지다.

허물어진 성터에서
철모르는 여아들이
저도 모를 이국말로
재잘대며 뜀을 뛰고

난데없는 자동차가 밉다.

(1936. 3. 24)

오후午後의 구장球場

늦은 봄 기다리던 토요일날
오후 세시 반의 경성행 열차는
석탄 연기를 자욱이 품기고
지나가고

한 몸을 끄을기에 강하던
공이 자력磁力을 잃고
한 모금의 물이
불붙는 목을 축이기에
넉넉하다.
젊은 가슴의 피 순환이 잦고,
두 철각이 늘어진다.

검은 기차 연기와 함께
푸른 산이
아지랑이 저쪽으로
가라앉는다.

(1936.5)

곡간 谷間

산들이 두 줄로 줄달음질치고
여울이 소리쳐 목이 잦았다.
한여름의 햇님이 구름을 타고
이 골짜기를 빠르게도 건너려 한다.

산등아리에 송아지 뿔처럼
울뚝불뚝히 어린 바위가 솟고,
얼룩소의 보드라운 털이
산등성이에 퍼―렇게 자랐다.

삼년만에 고향에 찾아드는
산골 나그네의 발걸음이
타박타박 땅을 고눈다.
벌거숭이 두루미 다리같이……

헌신짝이 지팡이 끝에
모가지를 매달아 늘어지고,
까치가 새끼의 날발을 태우며 날 뿐,
골짝은 나그네의 마음처럼 고요하다.

(1936. 여름)

그 여자女子

함께 핀 꽃에 처음 익은 능금은
먼저 떨어졌습니다.

오늘도 가을바람은 그냥 붑니다.

길가에 떨어진 붉은 능금은
지나가는 손님이 집어 갔습니다.

(1937. 7. 26)

비애悲哀

호젓한 세기世紀의 달을 따라
알 듯 모를 듯한 데로 거닐고저!

아닌 밤중에 튀기듯이
잠자리를 뛰쳐
끝없는 광야를 홀로 거니는
사람의 심사心思는 외로우려니

아— 이 젊은이는
피라밋처럼 슬프구나

(1937. 8. 18)

코스모스

청초한 코스모스는
오직 하나인 나의 아가씨,

달빛이 싸늘히 추운 밤이면
옛 소녀가 못 견디게 그리워
코스모스 핀 정원으로 찾아간다.

코스모스는
귀또리 울음에도 수줍어지고,

코스모스 앞에 선 나는
어렸을 적처럼 부끄러워지나니,

내 마음은 코스모스의 마음이요
코스모스의 마음은 내 마음이다.

(1938.9.20)

장미薔薇 병들어

장미 병들어

옮겨 놓을 이웃이 없도다.

달랑달랑 외로이

황마차幌馬車 태워 산에 보낼거나

뚜— 구슬피

화륜선火輪船 태워 대양大洋에 보낼거나

프로펠러 소리 요란히

비행기 태워 성층권에 보낼거나

이것저것

다 그만두고

자라가는 아들이 꿈을 깨기 전

이내 가슴에 묻어다오.

(1939. 9)

공상空想

공상—

내 마음의 탑

나는 말없이 이 탑을 쌓고 있다.

명예와 허영의 천공天空에다

무너질 줄 모르고

한 층 두 층 높이 쌓는다.

무한한 나의 공상—

그것은 내 마음의 바다,

나는 두 팔을 펼쳐서

나의 바다에서

자유로이 헤엄친다.

황금 지욕知慾의 수평선을 향하여.

(1935. 10월 이전. 추정)

내일은 없다
　— 어린 마음이 물은

내일 내일 하기에

물었더니

밤을 자고 동틀 때

내일이라고

새날을 찾던 나는

잠을 자고 돌보니

그때는 내일이 아니라

오늘이더라

무리여! 동무여!

내일은 없나니

…………

（1934. 12. 24）

호주머니

넣을 것 없어
걱정이던
호주머니는,

겨울만 되면
주먹 두 개 갑북 갑북.

(1936)

개

눈 위에서

개가

꽃을 그리며

뛰오.

(1936)

고향집
— 만주에서 부른

헌 짚신짝 끌을고
　나 여기 왜 왔노
두만강을 건너서
　쓸쓸한 이 땅에

남쪽 하늘 저 밑에
　따뜻한 내 고향
내 어머니 계신 곳
　그리운 고향집

(1936. 1. 6)

가을밤

굿은비 나리는 가을밤
벌거숭이 그대로
잠자리에서 뛰쳐나와
마루에 쭈구리고 서서
아인 양 하고
솨— 오줌을 쏘오.

(1936. 10. 23)

비행기

머리에 프로펠러가
연자간 풍체보다
더―빨리 돈다.
땅에서 오를 때보다
하늘에 높이 떠서는
빠르지 못하다
숨결이 찬 모양이야.

비행기는―
새처럼 나래를
펄럭거리지 못한다
그리고 늘―
소리를 지른다.
숨이 찬가 봐.

(1936. 10. 초)

나무

나무가 춤을 추면
　바람이 불고,
나무가 잠잠하면
　바람도 자오.

(1937년으로 추정)

사과

붉은 사과 한 개를
아버지, 어머니,
누나, 나, 넷이서
껍질채로 송치까지
다아 나눠 먹었소.

(1936년으로 추정)

눈

눈이

새하얗게 와서

눈이

새물새물하오.

(1936년으로 추정)

닭

—닭은 나래가 커도

왜, 날잖나요

—아마 두엄 파기에

홀, 잊었나봐.

(1936년으로 추정)

할아버지

왜 떡이 쓴은 데도
자꾸 달다고 하오.

(1937. 3. 10)

만돌이

만돌이가 학교에서 돌아오다가
전봇대 있는 데서
돌짜기 다섯 개를 주웠습니다.

전봇대를 겨누고
돌 첫 개를 뿌렸습니다.
―딱―
두 개째 뿌렸습니다.
―아뿔사―
세 개째 뿌렸습니다.
―딱―
네 개째 뿌렸습니다.
―아뿔사―
다섯 개째 뿌렸습니다.
―딱―

다섯 개에 세 개……
그만하면 되었다.
내일 시험,
다섯 문제에 세 문제만 하면―

손꼽아 구구를 하여 봐도
허양 육십 점이다.
볼 거 있나 공 차러 가자.

그 이튿날 만돌이는
꼼짝 못하고 선생님한테
흰 종이를 바쳤을까요
그렇잖으면 정말

육십 점을 맞았을까요

(1937. 추정)

7

산
문

투르게네프의 언덕

나는 고개길을 넘고 있었다…… 그 때 세 소년 거지가 나를 지나쳤다.

첫째 아이는 잔등에 바구니를 둘러메고, 바구니 속에는 사이다병, 간즈메통, 쇳조각, 헌 양말짝 등 폐물이 가득하였다.

둘째 아이도 그러하였다.

셋째 아이도 그러하였다.

텁수룩한 머리털 시커먼 얼굴에 눈물 고인 충혈된 눈, 색 잃어 푸르스럼한 입술, 너들너들한 남루, 찢겨진 맨발,

아아 얼마나 무서운 가난이 이 어린 소년들을 삼키었느냐!

나는 측은한 마음이 움직이었다.

나는 호주머니를 뒤지었다. 두툼한 지갑, 시계, 손수건, …… 있을 것은 죄다 있었다.

그러나 무턱대고 이것들을 내줄 용기는 없었다. 손으로 만지작 만지작거릴 뿐이었다.

다정스레 이야기나 하리라 하고 「애들아」 불러보았다.

첫째 아이가 충혈된 눈으로 흘끔 돌아다볼 뿐이었다.

둘째 아이도 그러할 뿐이었다.

셋째 아이도 그러할 뿐이었다.

그리고는 너는 상관없다는 듯이 자기네 끼리 소근소근 이야기하면서 고개로 넘어갔다.

언덕 위에는 아무도 없었다.

짙어가는 황혼이 밀려들 뿐

(1939. 9)

달을 쏘다

번거롭던 사위四圍가 잠잠해 지고 시계 소리가 또렷하나 보니 밤은 저윽히 깊을 대로 깊은 모양이다. 보든 책자를 책상 머리에 밀어놓고 잠자리를 수습한 다음 잠옷을 걸치는 것이다. 「딱」 스위치 소리와 함께 전등을 끄고 창녘의 침대에 드러누우니 이때까지 밝은 휘양찬 달밤이었든 것을 감각치 못하였었다. 이것도 밝은 전등의 혜택이었을까.

　나의 누추한 방이 달빛에 잠겨 아름다운 그림이 된다는 것 보담도 오히려 슬픈 선창船艙이 되는 것이다. 창살이 이마로부터 콧마루, 입술 이렇게 하얀 가슴에 여민 손등에까지 어른거려 나의 마음을 간지르는 것이다. 옆에 누운 분의 숨소리에 방은 무시무시해 진다. 아이처럼 황황해지는 가슴에 눈을 치떠서 밖을 내다보니 가을 하늘은 역시 맑고 우거진 송림松林은 한 폭의 묵화墨畵다. 달빛은 솔가지에 솔가지에 쏟아져 바람인양 쏴― 소리가 날 듯하다. 들리는 것은 시계소리와 숨소리와 귀또리 울음뿐 벅쩍 고던 기숙사도 절간보다 더 한층 고요한 것이 아니냐?

　나는 깊은 사념思念에 잠기우기 한창이다. 딴은 사랑스런 아가씨를 사유私有할 수 있는 아름다운 상화想華도 좋고, 어릴 적 미련을 두고 온 고향에의 향수도 좋거니와 그보담 손쉽게 표현 못할 심각한 그 무엇이 있다.

바다를 건너 온 H군君의 편지 사연을 곰곰 생각할수록 사람과 사람 사이의 감정이란 미묘한 것이다. 감상적인 그에게도 필연코 가을은 왔나 보다.

편지는 너무나 지나치지 않았던가. 그중 한 토막,

「군君아, 나는 지금 울며울며 이 글을 쓴다. 이 밤도 달이 뜨고, 바람이 불고, 인간인 까닭에 가을이란 흙냄새도 안다. 정情의 눈물, 따뜻한 예술학도였던 정情의 눈물도 이 밤이 마지막이다.」

또 마지막 컨으로 이런 구절이 있다.

「당신은 나를 영원히 쫓아버리는 것이 정직正直할 것이오.」

나는 이 글의 뉘앙스를 해득解得할 수 있다. 그러나 사실 나는 그에게 아픈 소리 한마디 한 일이 없고 설은 글 한쪽 보낸 일이 없지 아니한가. 생각컨대 이 죄는 다만 가을에게 지워 보낼 수밖에 없다.

홍안서생紅顔書生으로 이런 단안斷案을 나리는 것은 외람한 일이나 동무란 한낱 괴로운 존재요 우정이란 진정코 위태로운 잔에 떠 놓은 물이다. 이 말을 반대할 자 누구랴. 그러나 지기知己 하나 얻기 힘든다 하거늘 알뜰한 동무 하나 잃어버린다는 것이 살을 베어내는 아픔이다.

나는 나를 정원에서 발견하고 창을 넘어 나왔다든가 방문을 열고 나왔다든가 왜 나왔느냐 하는 어리석은 생각에 두뇌를 괴롭게 할 필요는 없는 것이다. 다만 귀뜨람이 울음에도 수줍어지는 코쓰모쓰 앞에 그윽히 서서 닥터·삐링쓰의 동상 그림자처럼 슬퍼지면 그만이다. 나는 이 마음을 아무에게나 전가시킬 심보는 없다. 옷깃은 민감敏感이어서 달빛에도 싸늘히 추워지고 가을 이슬이란 선득선득하여서 설은 사나이의 눈물인 것이다.

발걸음은 몸뚱이를 옮겨 못가에 세워줄 때 못 속에도 역시 가을이 있고, 삼경三更이 있고, 나무가 있고, 달이 있다.

그 찰나 가을이 원망스럽고 달이 미워진다. 더듬어 돌을 찾어 달을 향하야 죽어라고 팔매질을 하였다. 통쾌! 달은 산산히 부서지고 말았다. 그러나 놀랐든 물결이 자자들 때 오래잖아 달은 도로 살아난 것이 아니냐, 문득 하늘을 쳐다보니 얄미운 달은 머리 위에서 빈정대는 것을⋯⋯⋯

나는 곳곳한 나무가지를 고나 띠를 째서 줄을 매어 훌륭한 활을 만들었다. 그리고 좀 탄탄한 갈대로 화살을 삼아 무사武士의 마음을 먹고 달을 쏘다.

(1938.10)

별똥 떨어진 데

밤이다.

하늘은 푸르다 못해 농회색濃灰色으로 캄캄하나 별들만은 또렷또렷 빛난다. 침침한 어둠뿐만 아니라 오삭오삭 춥다. 이 육중한 기류 가운데 자조自嘲하는 한 젊은이가 있다. 그를 나라고 불러두자.

나는 이 어둠에서 배태胚胎되고 이 어둠에서 생장生長하여서 아직도 이 어둠속에 그대로 생존生存하나 보다. 이제 내가 갈 곳이 어딘지 몰라 허우적거리는 것이다. 하기는 나는 세기世紀의 초점인 듯 초췌하다. 얼핏 생각하기에는 내 바닥을 반듯이 받들어 주는 것도 없고 그렇다고 내 머리를 갑박이 나려누르는 아무것도 없는 듯하다 마는 내막은 그렇지도 않다. 나는 도무지 자유스럽지 못하다. 다만 나는 없는 듯 있는 하루살이처럼 허공에 부유浮遊하는 한 점에 지나지 않는다. 이것이 하루살이처럼 경쾌하다면 마침 다행할 것인데 그렇지를 못하구나!

이 점의 대칭 위치에 또 하나 다른 밝음明의 초점이 도사리고 있는 듯 생각된다. 덥석 웅키었으면 잡힐 듯도 하다.

마는 그것을 휘잡기에는 나 자신이 둔질鈍質이라는 것보다 오히려 내 마음에 아무런 준비도 배포치 못한 것이 아니냐. 그리고 보니 행복이란 별스런 손님을 불러 들이기에도 또 다른 한 가닥 구실을 치르지 않으면 안 될까 보다.

이 밤이 나에게 있어 어릴 적처럼 한낱 공포의 장막인 것은 벌써 흘러간 전설이오. 따라서 이 밤이 향락의 도가니라는 이야기도 나의 염원에선 아직 소화시키지 못할 돌덩이다. 오로지 밤은 나의 도전의 호적好敵이면 그만이다.

이것이 생생한 관념세계에만 머물은다면 애석한 일이다. 어둠속에 깜박깜박 조을며 다닥다닥 나란이한 초가들이 아름다운 시의 화사華詞가 될 수 있다는 것은 벌써 지나간 제너레이션의 이야기요, 오늘에 있어서는 다만 말 못하는 비극의 배경이다.

이제 닭이 홰를 치면서 맵짠 울음을 뽑아 밤을 쫓고 어둠을 줏내몰아 동켠으로 훠―ㄴ히 새벽이란 새로운 손님을 불러온다 하자. 하나 경망스럽게 그리 반가워할 것은 없다. 보아라 가령 새벽이 왔다 하더래도 이 마을은 그대로 암담하고 나도 그대로 암담하고 하여서 너나 나나 이 가랑지길에서 주저주저 아니치 못할 존재들이 아니냐.

나무가 있다.

그는 나의 오랜 이웃이요 벗이다. 그렇다고 그와 내가 성격이나 환경이나 생활이 공통한 데 있어서가 아니다. 말하자면 극단과 극단 사이에도 애정이 관통할 수 있다는 기적적인 교분交分의 표본에 지나지 못할 것이다.

나는 처음 그를 퍽 불행한 존재로 가소롭게 여겼다. 그의 앞에 설 때 슬퍼지고 측은한 마음이 앞을 가리곤 하였다. 마는 돌이켜 생각컨대 나무처럼 행복한 생물은 다시 없을 듯하다. 굳음에는 이루 비길 데 없는 바위에도 그리 탐탁치는 못할망정 자양분이 있다 하거늘 어디로 간들 생生의 뿌리를 박지 못하며 어디로 간들 생활의 불평이 있을소냐. 칙칙하면 솔솔 솔바람이 불어오고, 심심하면 새가 와서 노래를 부르다 가고, 출출하면 한줄기 비가 오고, 밤이면 수많은 별들과 오손도손 이야기할 수 있고──보다 나무는 행동의 방향이란 거치장스런 과제에 봉착하지 않고 인위적으로든 우연으로서든 탄생시켜 준 자리를 지켜 무진무궁無盡無窮한 영양소를 흡취吸取하고 영롱한 햇빛을 받아들여 손쉽게 생활을 영위하고 오로지 하늘만 바라고 뻗어질 수 있는 것이 무엇보다 행복스럽지 않으냐.

이 밤도 과제를 풀지 못하야 안타까운 나의 마음에 나무의 마음이 점점 옮아오는 듯하고, 행동할 수 있는 자랑을 자랑치 못함에 뼈저리듯 하나 나의 젊은 선배의 웅변에 왈曰 선배도 믿지 못할 것이라니 그러면 영리한 나무에게 나의 방향을 물어야 할 것인가.

어디로 가야 하느냐 동東이 어디냐 서西가 어디냐 남南이 어디냐 아차! 저 별이 번쩍 흐른다. 별똥 떨어진 데가 내가 갈 곳인가 보다. 하면 별똥아! 꼭 떨어져야 할 곳에 떨어져야 한다.

화원花園에 꽃이 핀다

개나리, 진달래, 안즌방이, 라일락, 문들레, 찔레, 복사, 들장미, 해당화, 모란, 릴리, 창포, 추립, 카네슌, 봉선화, 백일홍, 채송화, 다리아, 해바라기, 코쓰모쓰[01]──코쓰모쓰가 홀홀히 떨어지는 날 우주의 마지막은 아닙니다. 여기에 푸른 하늘이 높아지고 빨간 노란 단풍이 꽃에 못지않게 가지마다 물들었다가 귀또리 울음이 끊어짐과 함께 단풍의 세계가 무너지고, 그 위에 하룻밤 사이에 소복이 흰눈이 나려나려 쌓이고 화로에는 빨간 숯불이 피어오르고 많은 이야기와 많은 일이 이 화로가에서 이루어집니다.

독자 제현! 여러분은 이 글이 씌어지는 때를 독특한 계절로 짐작해서는 아니됩니다. 아니, 봄, 여름, 가을, 겨울, 어느 철로나 상정하셔도 무방합니다. 사실 일 년 내내 봄일 수는 없습니다. 하나 이 화원에는 사철내 봄이 청춘들과 함께 싱싱하게 등대하여 있다고 하면 과분한 자기선전일까요. 하나의 꽃밭이 이루어지도록 손쉽게 되는 것이 아니라 고생과 노력이 있어야

---

01 꽃이름 중 안즌방이는 '앉은뱅이', 문들레는 '민들레', 추립은 '튤립', 카네슌은 '카네이션', 다리아는 '달리아', 코쓰모쓰는 '코스모스'이다.

하는 것입니다. 딴은 얼마의 단어를 모아 이 졸문을 지적거리는 데도 내 머리는 그렇게 명철한 것이 못됩니다. 한 해 동안을 내 두뇌로서가 아니라 몸으로서 일일이 헤아려 세포 사이마다 간직해 두어서야 몇 줄의 글이 이루어집니다. 그리하야 나에게 있어 글을 쓴다는 것이 그리 즐거운 일일 수는 없습니다. 봄바람의 고민에 짜들고 녹음의 권태에 시들고, 가을 하늘 감상에 울고, 노변爐邊의 사색에 졸다가 이 몇 줄의 글과 나의 화원과 함께 나의 일 년은 이루어 집니다.

시간을 먹는다는 (이 말의 의의와 이 말의 묘미는 칠판 앞에 서보신 분과 칠판 밑에 앉아 보신 분은 누구나 아실 것입니다) 것은 확실히 즐거운 일임이 틀림 없습니다. 하루를 휴강한다는 것보다 (하긴 슬그머니 까먹어 버리면 그만이지만) 다못 한 시간, 숙제를 못해왔다든가 따분하고 졸리고 한 때, 한 시간의 휴강은 진실로 살로 가는 것이어서, 만일 교수가 불편하여서 못 나오셨다고 하더라도 미처 우리들의 예의를 갖출 사이가 없는 것입니다. 그러나 이 것을 우리들의 망발과 시간의 낭비라고 속단하셔서 아니됩니다. 여기에 화원이 있습니다. 한 포기 푸른 풀과 한 떨기의 붉은 꽃과 함께 웃음이 있습니다. 노—트장을 적시는 것보다 한 우충동汗牛充棟에 묻혀 글줄과 씨름 하는 것보다 더 정확한 진리를 탐구할 수 있을런지, 보다 더 많은 지식을 획득할 수 있을런지, 보다 더 효과적인 성과가 있을지를 누가 부인하겠습니까.

나는 이 귀한 시간을 슬그머니 동무들을 떠나서 단 혼자 화원을 거닐 수 있습니다. 단 혼자 꽃들과 풀들과 이야기할 수 있다는 것이 얼마나 다행한 일이겠습니까. 참말 나는 온정으로 이들을 대할 수 있고 그들은 나를 웃음으로 맞어 줍니다. 그 웃음을 눈물로 대한다는 것은 나의 감상일까요. 고독, 정적도 확실히 아름다운 것임에 틀림이 없으나, 여기에 또 서로 마음을 주는 동무가 있는 것도 다행한 일이 아닐 수 없습니다. 우리 화원 속에 모인 동무들 중에, 집에 학비를 청구하는 편지를 쓰는 날 저녁이면 생각하고 생각하든 끝 겨우 몇 줄 써 보낸다는 A군, 기뻐해야 할 서류(통칭 월급봉투)를 받어든 손이 떨린다는 B군, 사랑을 위하여서는 밥맛을 잃고 잠을 잊어버린다는 C군, 사상적思想的 당착撞着에 자살을 기약한다는 D군······ 나는 이 여러 동무들의 갸륵한 심정을 내 것인 것처럼 이해할 수 있습니다. 서로 너그러운 마음으로 대할 수 있습니다.

　나는 세계관, 인생관, 이런 좀더 큰 문제보다 바람과 구름과 햇빛과 나무와 우정, 이런 것들에 더 많이 괴로워해 왔는지도 모르겠습니다. 단지 이 말이 나의 역설逆說이나 나 자신을 흐리우는 데 지날 뿐일까요. 일반은 현대 학생 도덕이 부패했다고 말합니다. 스승을 섬길 줄을 모른다고들 합니다. 옳은 말씀들입니다. 부끄러울 따름입니다. 하나 이 결함을 괴로워하는 우리들 어깨에 지워 광야로 내쫓아 버려야 하나요, 우리들의 아픈 데를 알아주는 스승, 우리들의 생채기를 어루만져 주는 따뜻한 세계가 있다면 박탈된 도덕일지언정 기울여 스승을 진심으로 존경하겠습니다. 온정의 거리에서 원수를 만나면 손목을 붙잡고 목놓아 울겠습니다.

세상은 해를 거듭 포성에 떠들썩하건만 극히 조용한 가운데 우리들 동산에서 서로 융합할 수 있고 이해할 수 있고 종전從前의 X가 있는 것은 시세時勢의 역효과일까요.

봄이 가고, 여름이 가고, 가을, 코쓰모쓰가 홀홀히 떨어지는 날 우주의 마지막은 아닙니다. 단풍의 세계가 있고──이상이견빙지履霜而堅氷至──서리를 밟거든 얼음이 굳어질 것을 각오하라가 아니라, 우리는 서릿발에 끼친 낙엽을 밟으면서 멀리 봄이 올 것을 믿습니다.

노변爐邊에서 많은 일이 이뤄질 것입니다.

종시終始

종점終点이 시점始点이 된다. 다시 시점이 종점이 된다.

아침 저녁으로 이 자국을 밟게 되는데 이 자국을 밟게 된 연유가 있다. 일찍이 서산대사가 살았을 듯한 우거진 송림 속, 게다가 덩그러시 살림집은 외따로 한 채뿐이었으나 식구로는 굉장한 것이어서 한 지붕 밑에서 팔도 사투리를 죄다 들을 만큼 모아놓은 미끈한 장정들만이 욱실욱실하였다. 이곳에 법령은 없었으나 여인금납구女人禁納區였다. 만일 강심장의 여인이 있어 불의의 침입이 있다면 우리들의 호기심을 저윽히 자아내었고, 방마다 새로운 화제가 생기곤 하였다. 이렇듯 수도修道 생활에 나는 소라 속처럼 안도하였든 것이다.

사건이란 언제나 큰 데서 동기가 되는 것보다 오히려 적은 데서 더 많이 발작하는 것이다.

눈 온 날이었다. 동숙하는 친구의 친구가 한 시간 남짓한 문門안 들어가는 차 시간까지를 낭비하기 위하야 나의 친구를 찾어 들어와서 하는 대화였다.

「자네 여보게 이 집 귀신이 되려나?」

「조용한 게 공부하기 작히나 좋잖은가」

「그래 책장이나 뒤적뒤적하면 공분줄 아나. 전차간에서 내다 볼 수 있는 광경, 정거장에서 맛볼 수 있는 광경, 다시 기자속에서 대할 수 있는 모든 일들이 생활 아닌 것이 없거든. 생활 때문에 싸우는 이 분위기에 잠겨서, 보고, 생각하고, 분석하고, 이거야말로 진정한 의미의 교육이 아니겠는가. 여보게! 자네 책장만 뒤지고 인생이 어드렇니 사회가 어드렇니 하는것은 16세기에서나 찾어볼 일일세. 단연 문門안으로 나오도록마음을 돌리게」

나 한테 하는 권고는 아니었으나 이 말에 귀틈이 뚫려 상푸둥 그러리라고 생각하였다. 비단 여기만이 아니라 인간을 떠나서 도를 닦는다는 것이 한낱 오락이요, 오락이매 생활이 될수 없고, 생활이 없으매 이 또한 죽은 공부가 아니랴. 하야 공부도 생활화하여야 되리라 생각하고 불일내에 문안으로 들어가기를 내심으로 단정해 버렸다. 그 뒤 매일같이 이 자국을 밟게 된 것이다.

나만 일찍이 아침 거리의 새로운 감촉을 맛볼 줄만 알었더니 벌써 많은 사람들의 발자욱에 포도鋪道는 어수선할 대로 어수선했고, 정류장에 머물 때마다 이 많은 무리를 죄다 꾸역꾸역 자꾸 박아 싣는데 늙은이 젊은이 아이 할 것 없이 손에 꾸러미를 안 든 사람은 없다. 이것이 그들 생활의 꾸러미요, 동시에 권태의 꾸러민지도 모르겠다.

이 꾸러미를 든 사람들의 얼굴을 하나하나씩 뜯어보기로 한다. 늙은이 얼굴이란 너무 오래 세파에 짜들어서 문제도 안 되겠거니와 그 젊은이들 낯짝이란 도무지 말씀이 아니다. 열이 면 열이 다 우수憂愁 그것이요, 백이면 백이 다 비참 그것이다. 이들에게 웃음이란 가물에 콩싹이다. 필경 귀여우리라는 아이 들의 얼굴을 보는 수밖에 없는데 아이들의 얼굴이란 너무나 창백하다. 혹시 숙제를 못해서 선생한테 꾸지람 들을 것이 걱 정인지 풀이 죽어 쭈그러뜨린 것이 활기란 도무지 찾아볼 수 없다. 내 상도 필연코 그 꼴일 텐데 내 눈으로 그 꼴을 보지 못 하는 것이 다행이다. 만일 다른 사람의 얼굴을 보듯 그렇게 자 주 내 얼굴을 대한다고 할 것 같으면 벌써 요사하였을런지도 모른다.

　나는 내 눈을 의심하기로 하고 단념하자!

　차라리 성벽 위에 펼친 하늘을 쳐다보는 편이 더 통쾌하다. 눈은 하늘과 성벽 경계선을 따라 자꾸 달리는 것인데 이 성벽 이란 현대現代로서 캄푸라지[01]한 옛 금성禁城이다. 이 안에서 어 떤 일이 이루어졌으며 어떤 일이 행하여지고 있는지 성城밖에 서 살아왔고 살고 있는 우리들에게는 알 바가 없다. 이제 다만 한 가닥 희망은 이 성벽이 끊어지는 곳이다.

　기대는 언제나 크게 가질 것이 못되어서 성벽이 끊어지는 곳에 총독부, 도청, 무슨 참고관, 체신국, 신문사, 소방조, 무슨 주식회사, 부청府廳, 양복점, 고물상 등 나란히 하고 연달아 오 다가 아이스케이크 간판에 눈이 잠깐 머무는데 이놈을 눈 나

01 카무플라주(Camouflage) : 불리하거나 부끄러운 것이 드러나지 않도록 의도적으로 꾸미는 일. '위장'.

린 겨울에 빈 집을 지키는 꼴이라든가, 제 신분에 맞지 않는 가게를 지키는 꼴을 살짝 필름에 올리어 본달 것 같으면 한 폭의 고등 풍자만화가 될 터인데 하고 나는 눈을 감고 생각하기로 한다. 사실 요즈음 아이스케이크 간판 신세를 면치 아니치 못할 자 얼마나 되랴. 아이스케이크 간판은 정열에 불타는 염서炎暑가 진정코 아수롭다.

눈을 감고 한참 생각하느라면 한 가지 꺼리끼는 것이 있는데 이것은 도덕률이란 거추장스러운 의무감이다. 젊은 녀석이 눈을 딱 감고 버티고 앉아 있다고 손가락질하는 것 같아야 번쩍 눈을 떠본다. 하나 가차이 자선할 대상이 없음에 자리를 잃지 않겠다는 심정보다 오히려 아니꼽게 본 사람이 없었으리란데 안심이 된다.

이것은 과단성 있는 동무의 주장이지만 전차에서 만난 사람은 원수요, 기차에서 만난 사람은 지기라는 것이다. 딴은 그러리라고 얼마큼 수긍하였었다. 한자리에서 몸을 비비적거리면서도 「오늘은 좋은 날씨올시다.」「어디서 내리시나요」쯤의 인사는 주고 받을 법한데, 일언반구 없이 뚱―한 꼴들이 작히나 큰 원수를 맺고 지내는 사이들 같다. 만일 상냥한 사람이 있어 요만쯤의 예의를 밟는다고 할 것 같으면, 전차 속의 사람들은 이를 정신이상자로 대접할 게다. 그러나 기차에서는 그렇지 않다. 명함을 서로 바꾸고 고향 이야기, 행방 이야기를 거리낌 없이 주고 받고 심지어 남의 여로를 자기의 여로인 것처럼 걱정하고, 이 얼마나 다정한 인생행로냐.

이러는 사이에 남대문을 지나쳤다. 누가 있어 「자네 매일같이 남대문을 두 번씩 지날 터인데 그래 늘 보곤 하는가」라는 어리석은 듯한 멘탈 테스트를 낸다면 나는 아연해지지 않을 수 없다. 가만히 기억을 더듬어 본달 것 같으면 늘이 아니라 이 자국을 밟은 이래 그 모습을 한번이라도 쳐다본 적이 있었든 것 같지 않다. 하기는 나의 생활에 긴한 일이 아니매 당연한 일일 게다. 하나 여기에 하나의 교훈이 있다. 횟수가 너무 잦으면 모든 것이 피상적이 되어 버리나니라.

이것과는 관련이 먼 이야기 같으나 무료한 시간을 까기 위하여 한마디 하면서 지나가자.

시골서는 내로라고 하는 양반이었든 모양인데 처음 서울 구경을 하고 돌아가서 며칠 동안 배운 서울 말씨를 섣불리 써가며 서울 거리를 손으로 형용하고 말로써 떠벌여 옮겨 놓드란데, 정거장에 턱 내리니 앞에 고색이 창연한 남대문이 반기는 듯 가로 막혀 있고, 총독부집이 크고, 창경원에 백 가지 금수가 봄즉했고, 덕수궁의 옛 궁전이 회포를 자아냈고, 화신和信 승강기는 머리가 힝 — 했고, 본정本町엔 전등이 낮처럼 밝은데 사람이 물 밀리듯 밀리고 전차란 놈이 윙윙 소리를 지르며 지르며 연달아 달리고 — 서울이 자기 하나를 위하야 이루어진 것처럼 우쭐 했는데 이것쯤은 있을 듯한 일이다. 한데 게도 방정꾸러기가 있어

「남대문이란 현판이 참 명필이지요.」

하고 물으니 대답이 걸작이다.

「암 명필이구 말구. 남南자 대大자 문門자 하나하나 살아서 막 꿈틀거리는 것 같데.」

어느 모로나 서울 사랑하려는 이 양반으로서는 가당한 대답일 게다. 이분에게 아현동 고개 막바지에, ―아니 치벽한 데 말고, ―가차이 종로 뒷골목에 무엇이 있든가를 물었드면 얼마나 당황해 했으랴.

나는 종점을 시점으로 바꾼다.

내가 내린 곳이 나의 종점이오. 내가 타는 곳이 나의 시점이 되는 까닭이다. 이 짧은 순간 많은 사람들 속에 나를 묻는 것인데 나는 이네들에게 너무나 피상적이 된다. 나의 휴머니티를 이네들에게 발휘해낸다는 재주가 없다. 이네들의 기쁨과 슬픔과 아픈 데를 나로서는 측량한다는 수가 없는 까닭이다. 너무 막연하다. 사람이란 횟수가 잦은 데와 양이 많은 데는 너무나 쉽게 피상적이 되나보다. 그럴수록 자기 하나 간수하기에 분망하나보다.

씨그낼을 밟고 기차는 왱― 떠난다. 고향으로 향한 차도 아니건만 공연히 가슴은 설렌다. 우리 기차는 느릿느릿 가다 숨차면 가假정거장에서도 선다. 매일같이 웬 여자들인지 주룽주룽 서 있다. 제마다 꾸러미를 안었는데 예의 그 꾸러민듯 싶다. 다들 방년된 아가씨들인데 몸매로 보아 하니 공장으로 가는 직공들은 아닌 모양이다. 얌전히들 서서 기차를 기다리는 모양이다. 판단을 기다리는 모양이다. 하나 경망스럽게 유리창을 통하여 미인판단을 내려서는 안 된다. 피상적 법칙이 여기에도 적용될지 모른다. 투명한 듯하나 믿지 못할 것이 유리다. 얼굴을 찌깨논 듯이 한다든가 이마를 좁다랗게 한다든가 코를 말코로 만든다든가 턱을 조개턱으로 만든다든가 하는 악희惡戲를 유리창이 때때로 감행하는 까닭이다. 판단을 내리는 자에게는 별반 이해관계가 없다손 치더라도 판단을 받는 당자當者에게 오려든 행운이 도망갈런지를 누가 보장할소냐. 여하간 아무리 투명한 꺼풀일지라도 깨끗이 벗겨버리는 것이 마땅할 것이다.

이윽고 터널이 입을 벌리고 기다리는데 거리 한가운데 지하철도도 아닌 터널이 있다는 것이 얼마나 슬픈 일이냐. 이 터널이란 인류역사의 암흑시대요, 인생행로의 고민상이다. 공연히 바퀴소리만 요란하다. 구역날 악질의 연기가 스며든다. 하나 미구에 우리에게 광명의 천지가 있다.

터널을 벗어났을 때 요즈음 복선複線공사에 분주한 노동자들을 볼 수 있다. 아침 첫차에 나갔을 때에도 일하고 저녁 늦차에 들어올 때에도 그네들은 그대로 일하는데 언제 시작하야 언제 그치는지 나로서는 헤아릴 수 없다. 이네들이야말로 건설의 사도들이다. 땀과 피를 아끼지 않는다.

그 육중한 도락구[01]를 밀면서도 마음만은 요원한 데 있어 도락구 판장에다 서투른 글씨로 신경행이니 북경행이니 남경행

01 도락구 : 일본어로 '트럭'을 일컫는 말.

이니 라고 써서 타고 다니는 것이 아니라 밀고 다닌다. 그네들의 마음을 엿볼 수 있다. 그것이 고력苦力에 위안이 안 된다고 누가 주장하랴.

이제 나는 곧 종시를 바꿔야 한다. 하나 내 차에도 신경행, 북경행, 남경행을 달고 싶다. 세계일주행이라고 달고 싶다. 아니 그보다도 진정한 내 고향이 있다면 고향행을 달겠다. 도착하여야 할 시대의 정거장이 있다면 더 좋다.

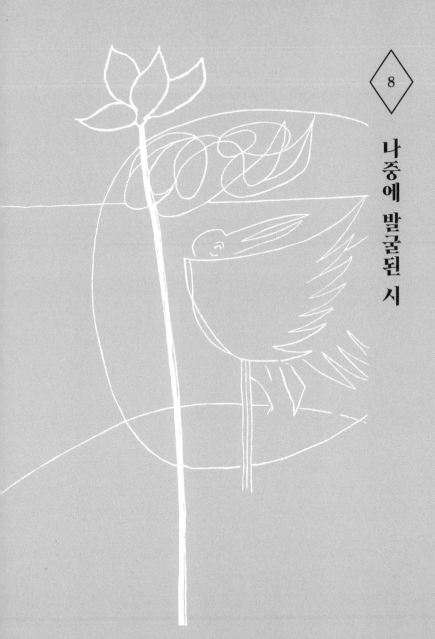

8

나
중
에
발
굴
된
시

가슴 2

늦은 가을 쓰르라미
숲에 세워 공포에 떨고
웃음 머금은 달 생각이
도망가오.

(1935)

창구멍

바람 부는 새벽에 장터 가시는
우리 아빠 뒷자취 보고 싶어서
춤을 발려 뚫어논 작은 창구멍
아롱 아롱 아침해 비치웁니다.

×

눈 나리는 저녁에 나무 팔러간
우리 아빠 오시나 기다리다가
혀끝으로 뚫어논 작은 창구멍
살랑 살랑 찬바람 날아듭니다.

(1936. 추정)

개 2

「이 개 더럽잖니」
아―니 이웃집 덜렁 수캐가
오늘 어슬렁어슬렁 우리 집으로 오더니
우리 집 바둑이의 밑구멍에다 코를 대고
씩씩 내를 맡겠지 더러운 줄도 모르고,
보기 흉해서 막 차며 욕해 쫓았더니
꼬리를 휘휘 저으며
너희들보다 어떻겠냐 하는 상으로
뛰어 가겠지요. 나―참.

(1937. 추정)

울적

처음 피워본 담배 맛은

아침까지 목 안에서 간질간질 타.

어젯밤에 하도 울적하기에

가만히 한 대 피워 보았더니.

〈1937〉

야행

정각! 마음에 아픈 데 있어 고약을 붙이고

시들은 다리를 끄을고 떠나는 행장.

—기적이 들리잖게 운다.

사랑스런 여인이 타박타박 땅을 굴려 쫓기에

하도 무서워 상가교를 기어 넘다.

—이제로부터 등산철도

이윽고 사색의 포플러 터널로 들어간다.

시라는 것을 반추하다. 마땅히 반추하여야 한다.

—저녁 연기가 노을로 된 이후

휘파람 부는 햇귀뚜라미의

노래는 마디마디 끊어져

그믐달처럼 호젓하게 슬프다.

늬는 노래 배울 어머니도 아버지도 없나보다.

—늬는 다리 가는 쬐그만 보헤미안,

내사 보리밭 동리에 어머니도

누나도 있다.

그네는 노래 부를 줄 몰라

오늘밤도 그윽한 한숨으로 보내리니—

(1937)

비스뒤

「어— 얼마나 반가운 비냐」
할아버지의 즐거움.

가물 들었던 곡식 자라는 소리
할아버지 담배 빠는 소리와 같다.

비스뒤의 해ㅅ살은
풀잎에 아름답기도 하다.

〈1937〉

어머니

어머니!
젖을 빨려 이 마음을 달래여주시오.
이 밤이 자꾸 서러워지나이다.

이 아이는 턱에 수염자리 잡히도록
무엇을 먹고 자랐나이까?
오늘도 흰 주먹이
입에 그대로 물려있나이다.

어머니
부서진 납인형도 쓰러진지
벌써 오랩니다.

철비가 후누주군이 나리는 이 밤을
주먹이나 빨면서 새우리까?
어머니! 그 어진 손으로
이 울음을 달래여주시오.

〈1938〉

가로수

가로수, 단촐한 그늘 밑에
구두술 같은 헛바닥으로
무심히 구두술을 핥는 시름.

때는 오정. 사이렌,
어디로 갈 것이냐?

□시 그늘은 맴돌고.
따라 사나이도 맴돌고.

9

서문·후기·발문

서序 (정지용)

1948년 발간된 『하늘과 바람과 별과 시』 최초본에 실린 서문. 1955년부터의 인쇄본에는 빠져 있는데, 정지용이 한국전쟁 때 납북되었던 것이 영향을 준 것으로 보인다.

창밖에 있거든 두다리라 (유영)

1948년 발간된 『하늘과 바람과 별과 시』 최초본에 실린 추도 시. 1955년부터의 인쇄본에는 빠져 있다.

발문跋文 (강처중)

1948년 발간된 『하늘과 바람과 별과 시』 최초본에 실린 발문. 〈경향신문〉 기자이던 강처중은 후에 남로당 지하당원 혐의로 사형을 선고받고 처형을 기다리던 중 한국전쟁 발발 뒤 서울에 입성한 인민군이 형무소를 개방하자 집에서 두 달 남짓 요양하다 가족들에게 소련에 가서 공부하겠다는 말을 남기고 1950년 9월 4일 집을 나간 뒤 행방이 묘연해졌다. 이 영향으로 1955년부터의 인쇄본에는 이 발문이 빠져 있다.

후기後記 (정병욱)
선백先伯의 생애 (윤일주)

위 두 글은 1955년부터 인쇄된 『하늘과 바람과 별과 시』에 실려 있다.

암흑기 하늘의 별 (백철)
윤동주의 시 (박두진)
동주 형의 추억 (문익환)
인간 윤동주 (장덕순)

위 네 글은 1979년 중판 발행된 『하늘과 바람과 별과 시』에 후기로 실려 있다.

추기追記 (윤일주)

1979년 중판 발행된 『하늘과 바람과 별과 시』 후기 중 「선백先伯의 생애」 바로 뒤를 잇는 글이다. 원문에는 별도의 제목이 붙어 있지 않다.

3판을 내면서 (정병욱)

1979년 중판 발행된 『하늘과 바람과 별과 시』 후기 중 정병욱의 「후기」 마지막에 덧붙여진 글이다.

서序

정지용鄭芝溶

서序—랄 것이 아니라

내가 무엇이고 정성껏 몇 마디 써야만 할 의무를 가졌건만 붓을 잡기가 죽기보담 싫은 날, 나는 천의를 뒤집어쓰고 차라리 병 아닌 신음을 하고 있다.

무엇이라고 써야 하나?

재조才操도 탕진하고 용기도 상실하고 8.15 이후에 나는 부당하게도 늙어 간다.

누가 있어서 "너는 일편一片의 정성까지도 잃었느냐?" 질타한다면 소허少許 항론抗論이 없이 앉음을 고쳐 무릎을 꿇으리라.

아직 무릎을 꿇을 만한 기력이 남았기에 나는 이 붓을 들어 시인 윤동주의 유고遺稿에 분향하노라.

겨우 30여 편 되는 유시遺詩 이외에 윤동주의 그의 시인 됨에 관한 아무 목증目證한 바 재료를 나는 갖지 않았다.

"호사유피虎死留皮"라는 말이 있겠다. 범이 죽어 가죽이 남았다면 그의 호문을 감정하여 "수남壽男"이라고 하랴? "복동福童"이라고 하랴? 범이란 범이 모조리 이름이 없었던 것이다.

내가 시인 윤동주를 몰랐기로서니 윤동주의 시詩가 바로 "시詩"고 보면 그만 아니냐?

호피는 마침내 호피에 지나지 못하고 말 것이나, 그의 "시詩"로써 그의 "시인"됨을 알기는 어렵지 않은 일이다.

·····························

나도 모를 아픔을 오래 참다 처음으로 이곳에 찾아왔다.

그러나 나의 늙은 의사는 젊은이의 병을 모른다. 나한테

는 병이 없다고 한다. 이 지나친 시련, 이 지나친 피로,

나는 성내서는 안 된다.

—그의 유시 "병원"의 일절(一節).

그의 다음 동생 일주一柱 군과 나의 문답—

"형님이 살았으면 몇 살인고?"

"서른한 살입니다."

"죽기는 스물아홉예요—."

"간도間島에는 언제 가셨던고?"

"할아버지 때요."

"지내시기는 어떠했던고?"

"할아버지가 개척하여 소지주 정도였습니다."

"아버지는 무얼 하시노?"

"장사도 하시고 회사에도 다니시고 했지요."

"아아, 간도에 시와 애수와 같은 것이 발효하기 비롯한다면
윤동주와 같은 세대에서 부텀이었구나!" 나는 감상하였다.

…………

봄이 오면

죄를 짓고

눈이

밝어

이브가 해산解産하는 수고를 다하면

무화과無花果 잎사귀로 부끄런 데를 가리고

나는 이마에 땀을 흘려야겠다. ―

― "또 태초의 아침"의 일절(一節)

다시 일주 군과 나와의 문답―

"연전延專을 마치고 도시샤同志社에 가기는 몇 살이었던고?"

"스물여섯 적입니다."

"무슨 연애 같은 것이나 있었나?"

"하도 말이 없어서 모릅니다."

"술은?"

"먹는 것 못 보았습니다."

"담배는?"

"집에 와서는 어른들 때문에 피우는 것 못 보았습니다."

"인색하진 않았나?"

"누가 달라면 책이나 셔츠나 거저 줍데다."

"공부는?"

"책을 보다가도 집에서나 남이 원하면 시간까지도 아끼지 않습데다."

"심술心術은?"

"순하디 순하였습니다."

"몸은?"

"중학 때 축구 선수였습니다."

"주책主策은?"

"남이 하자는 대로 하다가도 함부로 속을 주지는 않습데다."

....

코카서스 산중에서 도망해 온 토끼처럼

둘러리를 빙빙 돌며 간을 지키자

내가 오래 기르든 여윈 독수리야!

와서 뜯어먹어라, 시름없이

너는 살지고

나는 여위어야지, 그러나

— "간(肝)"의 일절(一節).

노자老子 오천언五千言에

"허기심 실기복 약기지 강기골虛基心 實基腹 弱基志 强基骨"이라
는 구句가 있다. 청년 윤동주는 의지가 약하였을 것이다. 그렇
기에 서정시에 우수한 것이겠고, 그러나 뼈가 강하였던 것이
리라. 그렇기에 일적日賊에게 살을 내던지고 뼈를 차지한 것이
아니었던가?

무시무시한 고독에서 죽었구나! 29세가 되도록 시도 발표
하여 본 적도 없이!

일제시대에 날뛰던 부일문사附日文士 놈들의 글이 다시 보아
침을 배앝을 것뿐이나, 무명 윤동주가 부끄럽지 않고 슬프고
아름답기 한이 없는 시를 남기지 않았나?

시와 시인은 원래 이러한 것이다.

…………

행복한 예수 그리스도에게

처럼

십자가가 허락된다면

모가지를 드리우고
꽃처럼 피어나는 피를
어두워 가는 하늘 밑에
조용히 흘리겠습니다.

— "십자가"의 일절(一節).

일제 헌병은 동冬섣달에도 꽃과 같은, 얼음 아래 다시 한 마
리 잉어와 같은 조선 청년 시인을 죽이고 제 나라를 망치었다.

뼈가 강한 죄로 죽은 윤동주의 백골은 이제 고토故土 간도에
누워 있다.

고향에 돌아온 날 밤에
내 백골白骨이 따라와 한 방에 누웠다.

어둔 방은 우주로 통하고
하늘에선가 소리처럼 바람이 불어온다.

어둠속에 곱게 풍화작용하는
백골을 들여다보며
눈물짓는 것이 내가 우는 것이냐

백골이 우는 것이냐

아름다운 혼魂이 우는 것이냐

지조 높은 개는

밤을 새워 어둠을 짖는다.

어둠을 짖는 개는

나를 쫓는 것일 게다.

가자 가자

쫓기우는 사람처럼 가자

백골 몰래

아름다운 또 다른 고향에 가자.

—"또 다른 고향"

만일 윤동주가 이제 살아 있다고 하면 그의 시가 어떻게 진전하겠느냐는 문제—

그의 친우 김삼불金三不 씨의 추도사와 같이 틀림없이

아무렴! 또 다시 다른 길로 분연 매진할 것이다.

1947년 12월 28일

창밖에 있거든 두다리라

— 동주·몽규 두 영靈을 부른다 —

유영柳玲

동주야 몽규야

너와 즐겨 외우고

너와 즐겨 울던

삼불三不이도 병욱炳昱이도

그리고 처중處重이도…………

아니 네 노래 한 구절 흉내에도 땀 빼던 영玲이도 여기 와 있다.

차디찬 하숙방에

한술 밥을 노느며

시와 조선과 인민을 말하던

시와 조선과 인민과 죽음을 같이하려던

네 벗들이

여기 와 기다린 지 오래다.

창밖에 있거든 두다리라

동주야 몽규야

너를 쫓아 바람곧이 만주에 낳게 하고

너로 하여금 그늘 밑에, 숨어 시를 쓰게 하고

너를 잡어 이역 옥창獄窓에 눕게 한

너와 나와 이를 갈던 악마 또한 물러가

게다 소리 하까마 칼자루에 빠가고라⁰¹ 소리마저 사라졌다.

너와 함께 즐겨 거닐다

한잔 차에 시름 띠어

뭉킨 가슴 풀어보던

여기가 바로 다방茶房 허리울이다.

그렇다 피의 분출을 가다듬어

원수의 이빨을 빼려다

급기야 강아지 발톱에 찢긴

여기가 바로 다방.

나는 믿지 않는다 믿지 못한다

네 없음을 말해야 할 이 자리란

금시 너희는 원앙새 모양 발을 맞추어

---

01 '게다'는 왜나막신, '하까마'는 일본 옷의 곁에 입는 주름 잡힌 바지, '빠가'는 어리석고 못나게 구는 사람을 얕잡거나 비난하여 속되게 이르는 일본어, '고라'는 이놈 또는 이 자식을 뜻하는 일본어이다.

항시 잊지 않던 미소를 들고
너는 우리 자리에 손을 내밀 것이다.

창밖에 있거든 두다리라
그리고 소리쳐 대답하라.

모진 바람에도 거세지 않은 네 용정 사투리와
고요한 봄물결과 같이
또 오월 하늘 비단을 찢는 꾀꼬리 소리와 같이
어여쁘던 네 노래를 기다린 지 이미 삼 년.
시원하게 원수도 못 갚은 채 새 원수에 쫓기는
울 줄도 모르는 어리석은 네 벗들이
다시금 외쳐 네 이름 부르노니

아는가 모르는가
"동주야! 몽규야!"

(1947. 2.16)

발문跋文

강처중姜處重

　동주東柱는 별로 말주변도 사귐성도 없었건만 그의 방에는 언제나 친구들이 가득 차 있었다. 아모리 바쁜 일이 있더라도 "동주 있나" 하고 찾으면 하던 일을 모두 내던지고 빙그레 웃으며 반가히 마조 앉아 주는 것이었다.

　"동주 좀 걸어 보자구" 이렇게 산책을 청하면 싫다는 적이 없었다. 겨울이든 여름이든 밤이든 새벽이든 산이든 들이든 강가이든 아모런때 아모데를 끌어도 선듯 따라 나서는 것이었다. 그는 말이 없이 묵묵히 걸었고 항상 그의 얼골은 침울하였다. 가끔 그러다가 외마디 비통한 고함을 잘 질렀다. "아—" 하고 나오는 외마디소리! 그것은 언제나 친구들의 마음에 알지 못할 울분을 주었다.

　"동주 돈 좀 있나" 옹색한 친구들은 곧잘 그의 넉넉지 못한 주머니를 노리었다. 그는 있고서 안 주는 법이 없었고 없으면 대신 외투든 시계든 내 주고야 마음을 놓았다. 그래서 그의 외투나 시계는 친구들의 손을 거쳐 전당포에 나들이를 부즈런이 하였다.

이런 동주도 친구들에게 굳이 거부하는 일이 두 가지 있었다. 하나는 "동주 자네 시詩 여기를 좀 고치면 어떤가" 하는데 대하여 그는 응하여 주는 때가 없었다. 조용히 열흘이고 한 달이고 두 달이고 곰곰이 생각하여서 한 편 시를 탄생시킨다. 그때까지는 누구에게도 그 시를 보이지 않는다. 이미 보여 주는 때는 흠이 없는 하나의 옥玉이다. 지나치게 그는 겸허 온순하였건만, 자기의 시만은 양보하지를 안했다.

또 하나 그는 한 여성을 사랑하였다. 그러나 이 사랑을 그 여성에게도 친구들에게도 끝내 고백하지 안했다. 그 여성도 모르는 친구들도 모르는 사랑을 회답도 없고 돌아오지도 않는 사랑을 제 홀로 간직한 채 고민도 하면서 희망도 하면서— 쑥스럽다 할까 어리석다 할까? 그러나 이제 와 고쳐 생각하니 이것은 하나의 여성에 대한 사랑이 아니라 이루어지지 않을 "또 다른 고향"에 대한 꿈이 아니었던가. 어쨌던 친구들에게 이것만은 힘써 감추었다.

그는 간도에서 나고 일본 후쿠오카福岡에서 죽었다. 이역에서 나고 갔건만 무던히 조국을 사랑하고 우리말을 좋아 하더니— 그는 나의 친구기도 하려니와 그의 아잇적 동무 송 몽규 宋夢奎와 함께 "독립운동"의 죄명으로 2년형을 받아 감옥으로 들어간 채 마침내 모진 악형에 쓰러지고 말았다. 그것은 몽규와 동주가 연전延專을 마치고 교토京都에 가서 대학생 노릇하던 중도의 일이었다.

"무슨 뜻인지 모르나 마지막 외마디소리를 지르고 운명했지요. 짐작컨대 그 소리가 마치 조선독립만세를 부르는 듯 느껴지더군요."

이 말은 동주의 최후를 감시하던 일본인 간수가 그의 시체를 찾으러 갔던 그 유족에게 전하여 준 말이다. 그 비통한 외마디소리! 일본 간수야 그 뜻을 알리만두 저도 소리에 느낀 바 있었나 보다. 동주 감옥에서 외마디소리로써 아조 가 버리니 그 나이 스물아홉, 바로 해방되던 해다. 몽규도 그 며칠 뒤 따라 옥사하니 그도 재사才士였느니라. 그들의 유골은 지금 간도에서 길이 잠들었고 이제 그 친구들의 손을 빌어 동주의 시는 한 책이 되어 길이 세상에 전하여 지려 한다.

불러도 대답 없을 동주東柱 몽규夢奎었만 헛되나마 다시 부르고 싶은 동주東柱! 몽규夢奎!

후기 後記

정병욱 鄭炳昱

동주 형이 악착스런 원수의 형벌에 못 견디어 차니찬 돌마루 바닥에서 차마 감기우지 않는 눈을 감고 마지막 숨을 거둔 지 벌써 10년이 된다. 이 10년 동안 우리의 뼈를 저리게 하는 그의 시詩는 조국의 문학사를 고치게 하였고, 조국의 문학을 세계적인 물줄기 속으로 이끌어 넣는 데 자랑스런 힘이 되었다. 독재와 억압의 도가니 속에서 가냘픈 육신에 의지한 항거의 정신, 아니 인간으로서의 처음이자 마지막의 권리이며 재산인 자유를 지키고자 죽음을 걸고 싸운 레지스탕스의 문학이 어찌 유럽의 지성인들에게만 허락된 특권일 수 있었으랴! 「손들어 표할 하늘도 없는」 숨 막히는 현실 가운데서 「죽는 날까지 하늘을 우러러 한 점 부끄럼이 없었던」 동주는 이 세상에 태어나면서부터 시인이었기에 「시인詩人이란 슬픈 천명인 줄 알면서도 한 줄 시를 적어」야 했다. 아니 「한 줄 시를 적」는다기보다 뼈를 꺾어 골수에서 솟아나는 수장髓漿으로 눈물 없는 통곡을 종이에 올린 그의 시는 진정 「슬픈 족속族屬」의 혈서였다.

「잎새에 이는 바람에도 괴로워」하던 동주의 시혼詩魂은 「파아란 하늘」에서 독재와 억압의 거센 「바람에 스치우」며 조국과 자유를 밤새워 지키는 「별」을 노래하였다. 「어느 욕된 왕조의 유물」인 「파란 녹이 낀 구리거울」을 「밤이면 밤마다 손바닥으로 발바닥으로 닦」으면서 「내일이나 모레나 그 어느 즐거운 날」을 기다리던 그는, 드디어 「불 도적한 죄로 목에 맷돌을 달고 끝없이 침전沈澱하는 프로메테우스」의 뒤를 따르는 데 주저하지 않았다. 「괴로웠던 사나이, 행복한 예수 그리스도에게 처럼 십자가十字架가 허락된다면, 모가지를 드리우고 꽃처럼 피어나는 피를 어두워가는 하늘 밑에 조용히 흘리」기를 각오한 그는, 「시대처럼 올 아침을 기다리는 최후」의 날에 「눈물과 위안으로 잡는 최초의 악수」를 남기고 「진정한 고향」을 찾어 「백골白骨 몰래 아름다운 또 다른 고향故鄕에 가자」고 했다.

그러나 그는 「이 어둠에서 배태되고 이 어둠에서 생장하여서, 아직도 이 어둠 속에 생존」하는 자기 자신을 증오하고 저주하지는 않았다. 오직 그가 미워하고 싫어하는 것은 「밤」과 「어둠」과 「타협」과 「굴복」이었다. 그렇다고 그는 또한 그가 그렇게 기다리고 꼭 오리라고 굳게 믿던 「아침」과 「봄」을 소경처럼 덮어놓고 믿는 범용한 시인은 아니었다. 동주의 민첩한 감각과 투명한 예지는 우리로 하여금 일찍이 우리 겨레가 가져

보지 못했던 놀라운 영감靈感의 시인을 얻게 하였다. 보라! 다음에 드는 이 무서운 예언을.

　이제 닭이 홰를 치면서 맵짠 울음을 뽑아 밤을 쫓고 어둠을 줓내몰아 동켠으로 훠─ㄴ히 새벽이란 새로운 손님을 불러온다 하자. 하나 경망스럽게 그리 반가워할 것은 없다. 보아라, 가령 새벽이 왔다 하더라도 이 마을은 그대로 암담하고 나도 그대로 암담하고 하여서, 너나 나나 이 가랑지 길에서 주저 주저 아니치 못할 존재들이 아니냐.

　이 얼마나 놀라운 예언이냐! 천성을 시인으로 태어난 그는 「전신주가 잉잉 울어 하느님의 말씀」을 정녕 들을 수 있었던가 보다.

　다가워오는 새 시대를 믿고 앞날의 역사를 내다보는 영감靈感의 시인詩人 윤동주尹東柱, 모든 시인들이 붓을 꺾고 문학을 포기하며 현실과 담을 쌓아 헛된 한숨만 뿜고 있을 때에, 「시인이란 슬픈 천명인 줄 알면서도」 오직 혼자서 꾸준히 「주어진 길을 걸어」온 외로웠던 시인 윤동주, 조국을 팔아 영예와 지위를 사고 자유를 바꾸어 굴욕과 비굴을 얻어 날뛰는 반역자들이 구더기처럼 들끓는 시궁창 속에 오직 한 마리 빛나는 은어인 양 청신淸新하였던 시인 윤동주, 급기야는 조국과 자유와 문학을 위하여 「꽃처럼 피어나는 피를 어두워가는 하늘 밑에 조용히 흘리」며 원수의 땅 위에서 마지막 숨을 거둔 순절殉節의 시인 윤동주. 이리하여 그는 드디어 원수의 발굽에 짓밟혔던 일제 말기의 조국의 문학사를 빛나게 하는 역사적 시인으로서 움직이지 못할 자리를 잡게 되었고 독재와 억압의 횡포한 폭력에 끝까지 항거하며 자유와 민주주의를 위하여 싸운 온 세계의 레지스탕스의 대열 가운데에 조국의 문학이 어엿이 끼울 자리를 차지하는 영광을 누리게 하였다.

슬프오이다 동주 형. 형의 노래 마디마디 즐겨 외우던 「새로운 아침」은 형이 그 쑥스러운 세상을 등지고 떠난 지 반년 뒤에 찾아왔고, 형의 「별」에 봄은 열 번이나 바뀌어졌건만, 슬픈 조국의 현실은 형의 「무덤 우에 파란 잔디가 피어」나게 하였을 뿐 「새로운 아침 우리 다시 정다웁게 손목을 잡」자던 친구들을 뿔뿔이 흩어버리고 말았습니다.

그러나 형의 「이름자 묻힌 언덕 우에는 자랑처럼 풀이 무성」하였고, 형의 노래는 이 겨레의 많은 어린이, 젊은이들이 입을 모두어 읊는 바 되었습니다. 조국과 자유를 죽음으로 지키신 형의 숭고한 정신은 겨레를 사랑하는 모든 사람들의 뼈에 깊이 사무쳤삽고, 조국과 자유와 문학의 이름으로 더불어 당신의 이름은 영원히 빛나오리니 바라옵기는 동주 형, 길이 명복하소서. 분향焚香.

동방의 위대하신 선성先聖이 우리에게 가르치시와 「애이불상哀而不傷」이라 하시었다. 이제 고 윤동주 형의 10주기를 맞이하매, 우리의 문학을 위하여 못 견디게 아까운 마음 금치 못하며, 고인의 친지들의 뼈를 여위는 듯한 슬픔 또한 둘 곳 없으나, 이 한 권의 유고집을 세상에 내어 놓고, 이 한 권의 책이 우리 문학사의 공백을 메꾸는 유일한 자랑임을 생각할 때에 「애이불상哀而不傷」이란 선성의 가르치심에 충실하겠다기보다 슬픈 마음을 눌러야겠다.

여기 모은 5부의 유고집은 우리가 오늘날 얻을 수 있는 그의 작품 전부이다. 제1부[01]는 고인이 연희전문학교 문과를 졸업할 무렵에 졸업을 기념코자 77부 한정판으로 출판하려던 자선 시집 「하늘과 바람과 별과 시」를 그대로 실었고, 제2부[02]는 일본 도쿄 시대의 작품인바 제1부 이후 약 반년 간에 쓴 것이다. 그 후의 작품은 모든 일기와 함께 일경에 피검되었을 때에 압수되었으니, 오늘날 아깝게도 찾을 길이 묘연하다. 제3부[03]는 그의 습작기 작품집 「나의 습작기의 시 아닌 시」 및 「창窓」의 2권을 비롯한 시고詩稿를 정리하여 연대순을 역으로 배열하였으며 그중에 연대가 기입되지 않은 작품은 적당하다고 인정되는 곳에 넣었다. 제4부[04]는 동요로서 역시 연대순을 역으

---

01 『하늘과 바람과 별과 시』 1955년본의 1부를 말하는 것으로 이 책의 1장에 해당한다.
02 이 책의 2장에 해당한다.
03 이 책의 3장과 4장에 해당한다.
04 이 책의 5장에 해당한다.

로 배열하였고, 제5부[01]는 그의 산문을 작품 연대에 관계없이 편집하였다.

끝으로 이 전집을 흔쾌히 맡아 출판하여 주신 고인의 선배이신 정음사 최영해崔暎海 선생에게 감사의 뜻을 이기지 못하는 바이며, 또 고인이 생전에 즐겨 거닐던 길목에 하루빨리 시비詩碑가 서서 고인의 예술과 정신을 길이 빛낼 날이 오기를 빌어 마지 않는다. 고인의 10주기를 맞는 해 5월 25일에 정병욱은 분향 곡배哭拜.

01 이 책의 7장에 해당한다.

선백先伯의 생애

윤일주尹一柱

『2월 16일 동주 사망 시체 가져가라』

이런 전보 한 장을 던져 주고 29년간을 시詩와 고국故國만을 그리며 고독을 견디었던 사형舍兄 윤동주를 일제는 빼앗아가고 말았으니, 이는 1945년 일제가 망하기 바로 6개월 전 일이었습니다.

1910년대의 북간도 명동明東─그곳은 새로 이룬 흙냄새가 무럭무럭 나던 곳이요, 조국을 잃고 노기에 찬 지사志士들이 모이던 곳이요, 학교와 교회가 새로 이루어지고, 어른과 아이들에게 한결같이 열熱과 의욕에 넘친 모든 기상을 용솟음치게 하던 곳이었습니다.

1917년 12월 30일 동주 형은 이곳에서 교원敎員의 맏아들로 태어났습니다. 그의 생가는 할아버지가 손수 벌재伐材하여

지으신 기와집이었습니다. 할아버지의 고향은 함북咸北 회령會寧이요, 어려서 간도間島에 건너가시어 손수 황무지를 개척하시고, 기독교가 도래하자 그 신자가 되시어 맏손주를 볼 즈음에는 장로로 계시었습니다.

동주 형의 근실勤實하고 관유寬裕함은 할아버지에게서, 내성적이요 겸허함은 아버지에게서, 온화하고 치밀함은 어머니에게서, 각각 물려받은 성품이라고 생각됩니다.

그의 아명兒名은 해환海煥이었고, 그 아래로 누이와 두 동생이 있었습니다.

얌전한 소학생 해환은 아동지 『어린이』의 애독자였고, 그림을 무척 좋아하였다고 합니다. 1931년에 명동소학을 마치고 대랍자大拉子라는 곳에서 중국인관립학교에 1년간 수학하였으니, 시 『별 헤는 밤』의 패佩, 경鏡, 옥玉이란 묘한 이국 소녀들의 이름은 이때의 추억에서 얻어진 것이 아닌가 합니다.

1932년 그가 용정 은진중학교에 입학하자, 저의 집은 용정에 이사하였습니다. 중학교에서의 그의 취미는 다방면이었습니다. 축구 선수이던 그는 어머니의 손을 빌지 않고 네임도 혼자 만들어 유니폼에 붙이고 기성복도 손수 재봉틀로 알맞게 고쳐 입었습니다. 낮이면 운동장을 뛰어다니고 초저녁에는 산책, 밤늦게까지 독서하거나 교내 잡지를 만드노라고 등사 글씨를 쓰거나 하던 일이 기억됩니다. 끝까지 즐기던 이 산책은 이때부터 비롯되었습니다.

운동복이나 문학 서적만 들고 다니는 그의 성적에 뜻밖에도 수학이 으뜸가는 것에는 다들 놀래었습니다. 특히 기하학을 좋아함은 그의 치밀한 성품에서였다고 짐작됩니다.

1935년 봄 3학년을 마칠 즈음, 그는 불현듯 고국에의 유학을 꿈꾸고 겨우 아버지의 승낙을 얻어 평양 숭실중학교에 옮기었습니다. 그의 습작집으로 미루어 평양 시절 1년에 가장 문학에의 의욕이 고조된 듯합니다. 이 즈음 백석 시집 『사슴』이 출간되었으나, 백 부 한정판인 이 책을 구할 길이 없어 도서실에서 진종일을 걸려 정자正字로 베껴 내고야 말았습니다. 그것은 소중히 지니고 다닌 모양으로, 지금은 나에게 보관되어 있습니다. 평양 유학도 끝을 맞게 되었으니, 숭실학교가 신사참배문제로 폐교케 되었던 까닭입니다. 1936년 다시 용정에 돌아와 광명중학교 4학년에 들었습니다. 이때 당시 간도에서 발간되던 『카톨릭 소년』지에 동주童舟라는 닉네임으로 동요 몇 편을 발표한 일이 있습니다.

그의 비운은 중학교 졸업반에서부터 비롯하였다고 생각합니다. 졸업을 한 학기 앞둔 그는 진학할 과목을 선택해야 했습니다. 그때 벌써 많은 동요와 시고를 가지고 있던 그에게 문학 이외의 길이란 생각조차 할 수 없었습니다. 외아들인 아버지는 젊어서 문학에 뜻을 두어 베이징北京과 도쿄東京에 유학하고 교원까지 지내셨건만, 자기의 생활상의 실패를 아들에게까지 되풀이시키고 싶지 않으셨습니다. 아버지는 그에게 의사가 되기를 권하셨습니다. 그러나 그는 굳이 듣지 않고 아버지의 퇴근 전부터 산이고 강가이고 헤매다가 밤중에야 자기 방에 돌아오는 날이 계속되었습니다. 한숨이 늘고 가슴을 뚜드리는 때도 있었습니다. 이렇게 반년을 두고 아버지와의 대립이 계속되다가 졸업이 닥쳐오자 그는 이기고 말았습니다. 할아버지의 권고로 아버지가 양보하신 것입니다. 소학과 은진중학 동창이며 고종사촌이며 또 동갑인 송몽규宋夢奎 형과 동행하여 서울에 온 것은 1938년 봄이었습니다.

상경하자 두 분 다 연전延專에 입학하고 그 후부터 집에 오기는 1942년까지 매년 2회, 여름과 겨울 방학 때뿐이었습니다. 따라서 그 시절의 나의 추억도 단편적일 수밖에 없습니다.

지금도 눈앞에 선한 그 정답던 모습은 사각모에 교복을 입은 형님이 아니라, 베바지 베적삼에 밀짚모자를 쓰고 황소와 나란히 서 있는 형님입니다.

고향에 돌아오면 그날로 양복은 벗어 놓고 우리 옷으로 바꾸어 입고는 할아버지와 어머니의 일을 도왔습니다. 소꼴도 베고, 물도 긷고, 때로는 할머니와 마주 앉아 맷돌도 갈며 과묵하던 그도 유모어를 섞어 가며 서울 이야기를 하던 것입니다.

이러한 생활 속에서도 남몰래 쉬는 한숨을 나는 옆에서 가끔 들은 듯합니다. 그것은 사소한 일로 상함을 입는 끓어오르는 시흥詩興과 독서 시간의 아쉬움에서였을 것입니다.

노여움도 아까움도 미소로써 흘려보낼 수 있었던 그는, 차마 집안 어른들의 일을 돕지 않고는 마음을 놓지 못하였습니다.

관유寬裕함이 그의 의지를 지탱케 못하였을지나 결코 우유부단하지는 않았습니다.

용정은 인구 십만에 가까운 작지 않은 도시였으나, 대학생인 그는 아무 쑥스러움 없이 베옷을 입은 채 거리로 소를 이끌고 다녔습니다. 그럴 때에도 그는 릴케나 발레리의 시집, 또는 지이드의 책을 옆에 끼는 것을 잊지 않았습니다. 으스름 때면 으레이 하는 산책에, 동생인 나는 그의 손목을 잡고 같이 거니는 것이 얼마나 즐거운 일이었는지 모릅니다. 가로수가에서 기타하라 하쿠슈北原白秋의 『고노미찌[01]』를 콧노래로 부르기도 하고, 숲속에 앉아 새로 뜨는 별과 먼 강물을 바라보며 손깍지를 낀 채 묵묵히 앉았을 때에는 그의 얼굴에 무슨 동경憧憬과 감정이 끓어오름을 연소年少한 나도 느낄 수 있었습니다.

신작로를 걷다가도 부역하는 시골 아낙네들에게 따뜻한 말 한마디 건네고 싶어 하고, 골목길에서 노는 아이들을 붙잡고 귀여워서 함께 씨름도 하며, 한 포기의 들꽃도 차마 못 지나치겠다는 듯, 따서 가슴에 꽂거나 책짬에 꽂아 놓곤 하였습니다.

별을 노래하는 마음으로
모든 죽어가는 것을 사랑해야지

하는 연약한 것에 대한 애정의 표백表白은 그의 천품天稟의 기록이었습니다. 방학 때마다 짐 속에서 쏟아져 나오는 수십 권의 책으로 한 학기의 독서의 경향을 알 수 있었습니다. 나에

---

01 고노미찌この道는 '이 길'이라는 뜻의 일본어이다.

게 오가와 미메이小川未明 동화집을 주며 퍽 좋다고 하던 일과 수필과 판화지版畵誌 『백과 흑』 7, 8권을 보이며 판화가 좋아 구득하였으며, 기회가 있으면 자기도 목판화를 배우겠다고 하던 일이 기억됩니다. 이리하여 집에는 근 8백 권의 책이 모여졌고 그중에 지금 기억할 수 있는 것은 앙드레 지이드 전집 기간분既刊分 전부, 또스토예프스키 연구 서적, 발레리 시 전집, 불란서 각 시집과 키에르케고르의 것 몇 권, 그 밖에 원서 다수입니다. 키에르케고르의 것은 연전 졸업할 즈음 무척 애독하던 것입니다.

1941년 12월 연전을 마치고 돌아왔을 때는 졸업장과 함께 정성스러이 쓴 시고집詩稿集 『하늘과 바람과 별과 시』를 들고 왔었습니다.

그것은 초판 77부로 출판하려다 뜻을 이루지 못한 채 소중히 지니고 다녔습니다.

더 공부하고 싶었던 그는 1942년에 『참회록懺悔錄』이란 시를 써 놓고 도일渡日하여 릿쿄立敎대학에 적을 두었습니다. 그가 마지막으로 집을 떠난 것은 그해 7월 여름방학 때였습니다. 그때에는 병환으로 누워 계시는 어머님의 침상에 걸터앉아 이야기 동무로 며칠을 보내다가 뜻밖에 속히 떠나게 되었습니다. 도호쿠東北대학에 있던 한 친우의 권유로 해교該校[01] 입학 수속 치르러 오라는 전보 까닭이었습니다. 놀이터에서 돌아온

01 해교該校 : 그 학교. 해당한 학교.

나는 그가 떠났음을 알자 눈물이 글썽하였습니다. 늘 정거장
에서 맞고 바래던 그와 그렇게 헤어짐이 최후의 작별이 될 줄
이야 어찌 알았겠습니까. 떠나면서도 어머님 걱정을 뇌이고
또 뇌이더랍니다. 아마 운명 시까지 눈앞에 어머님의 모습만
어른거렸을 것입니다. 도호쿠대학에 간 줄 안 형에게서 무슨
의도에서였는지 도시샤同志社 영문과로 옮겼다는 전보가 오자
아버지는 좀 노여운 기색이었습니다.

　도쿄와 교토에서의 그의 고독은 절정에 달했습니다. 태평양
에서는 전화戰火가 들끓고 존경하던 선배들은 붓을 꺾거나 변
절하였고 사랑하던 친구들은 뿔뿔이 헤어졌고— 하숙방에서
홀로인 듯한 자기를 발견하고 스스로 눈물짓지 않을 수 없었
습니다.

　．．．．．．．．．．．．．．．．．．．．．．．．．．．．

　육첩방六疊房은 남의 나라
　창밖에 밤비가 속살거리는데

　등불을 밝혀 어둠을 조곰 내몰고,
　시대처럼 올 아침을 기다리는 최후의 나.
　나는 나에게 적은 손을 내밀어
　눈물과 위안으로 잡는 최초의 악수.

　　　　—『쉽게 씌어진 시』의 1절(一節). 1942. 6. 3.작(作)

그러나 홀로 『새로운 아침』을 기다리며, 그의 고독만으로 항거하기에는 현실의 물결은 너무 거센 것이었습니다.

1943년 7월 귀향 일자를 알리는 전보를 받고 역에 나갔으나 그는 나타나지 않았습니다. 매일 같은 마중 끝에 한 열흘 후에 온 것은 우편으로 보내온 차표와, 그 차표로 찾은 약간의 수하물뿐이었습니다. 차표를 사서 짐까지 부쳐 놓고 출발 직전에 경찰에 잡혔던 것입니다. 교토京都대학에 있던 몽규 형도 함께 잡혔습니다.

카모가와 서鴨川署에 미결未決로 있는 동안 당시 도쿄에 계시던 당숙 영춘永春 선생이 면회했을 때는 『고오로기』란 형사의 담당으로 일기와 원고를 번역하고 있었으며, 매일 산책이 허락된다고 하더랍니다. 곧 나갈 것이니 안심하라고 하던 형사의 말은 결국 거짓이 되고 말았습니다.

동주와 몽규 두 형이 각 2년 언도를 받고 후쿠오카福岡형무소에 투옥된 1944년 6월 이후, 한 달에 한 장씩만 허락되는 엽서로는 그의 자세한 옥중생활은 알 길이 없었으나, 영화英和[01] 대조 신약성서를 보내라고 하여 보내 드린 일과 『붓끝을 따라온 귀뜨라미 소리에도 벌써 가을을 느낍니다』라고 한 나의 글월에 『너의 귀뜨라미는 홀로 있는 내 감방에서도 울어 준다. 고마운 일이다』라고 답장을 주신 일이 기억됩니다.

01 영화英和 : 영어와 일본어

매달 초순이면 꼭 오던 엽서 대신 1945년 2월에는 중순이 다 가서야 상기上記한 전보로 집안사람들의 가슴에 못을 박고 말았습니다.

유해나마 찾으러 갔던 아버지와 당숙님은 우선 살아 있는 몽규 형부터 면회하니 『동주!』 하며 눈물을 쏟고, 매일같이 이름 모를 주사를 맞노라는 그는 피골이 상접하였더랍니다.

『동주 선생은 무슨 뜻인지 모르나 큰소리를 외치고 운명했습니다』 이것은 일본인 간수의 말이었습니다.

아버지가 후쿠오카에 가신 동안에 집에는 한 장의 인쇄물이 배달되었으니 그 내용인즉 『동주 위독하니 보석할 수 있음. 만일 사망 시에는 시체는 가져가거나 불연不然이면 규슈제대九州帝大에 해부용으로 제공함. 속답하시압』라는 뜻이었습니다. 사망 전보보다 10일이나 늦게 온 이것을 본 집안사람들의 원통함은 이를 갈고도 남음이 있었습니다.

『백골 몰래 또 다른 고향에』 가신 나의 형 윤동주는 한 줌의 재가 된 채 아버지의 품에 안겨 고향 땅 간도에 돌아왔습니다. 약 20일 후에 몽규 형도 같은 절차로 옥사하였으니 그 유해도 고향에 돌아왔습니다.

동주 형의 장례는 3월 초순 눈보라치는 날이었습니다.

자랑스럽던 풀이 메마른 그의 무덤 위에 지금도 흰 눈이 나리는지—

10년이 흘러간 이제 그의 유고를 상재上梓함에 있어 사제舍弟로서 부끄러움을 금할 길이 없으며, 시집 앞뒤에 군 것이 붙는 것을 퍽 싫어하던 그였음을 생각할 때, 졸문을 주저하였으나 생전에 무명無名하였던 고인의 사생활을 전할 책임을 홀로 느끼어 감히 붓을 들었습니다. 이로 하여 거짓 없는 고인의 편모나마 전해지면 다행이겠습니다.

1955년 2월

사제舍弟 일주一柱 근지謹識

암흑기 하늘의 별

백철白鐵
(문학평론가)

    내가 한국 신문학사를 서술하는 데 있어서 일제 말기의 한 대목, 즉 1941년 이후 5년간을 「암흑기」라고 부른 데 대하여 어느 젊은 작가가 불만의 뜻을 표시한 일이 있었다. 시인 윤동주가 있기 때문에 그렇게 이름 붙일 수 없다는 것이다. 차라리 레지스탕스의 시기라고 말할 수 있지 않겠느냐고 하는 내용을 대화한 일이 있었다. 그때 나는 그의 충고를 솔직하게 받아들였고, 다음 번에 개정판을 낼 때에는 기어이 그런 의사를 반영시켜서 제목을 바꾸리라고 마음먹었었다.

    내가 「조선 신문학 사조사朝鮮新文學思潮史」를 기술하고 있던 1947년대는 같은 무렵에 윤동주 시인이 해방을 직전하고 왜지倭地의 옥중에서 비명으로 요절한 것을 추도하는 조그만 시집이 간행된 때인데, 어찌하여 내가 이 시인의 이름을 대문자로 써넣지 않았던가 의심스럽다. 결국 문학사가로서 나의 큰

실수라고 보아야 하겠지만, 어쨌든 그 뒤 이 시인의 가치가 날로 밝혀져 가는 데 따라서, 기성의 문학사의 내용을 새로 써야 하게 될 만치 그 존재는 뚜렷해져 가고 있다.

그러면 우리 문학사상에 이 시인이 뚜렷하게 차지할 위치의 이미지는 무엇인가. 일제 말기의 그 캄캄한 밤하늘에 그가 즐겨서 노래하던 「별」과 같이 유별나게 빛나고 있는 것, 그는 민족의 등불이기도 했다.

등불을 밝혀 어둠을 조금 내몰고,

시대처럼 올 아침을 기다리는 최후의 나,

이 시행詩行은 1942년에 쓴 「쉽게 씌어진 시」에서 그의 극적인 심정을 표현한 장면이다. 1942년이라면 일제적 파시즘이 아세아의 하늘을 뒤덮고 있던 때였다. 그 같은 암흑이 절정에 달했던 재밤[01]의 시각에서 시인 윤동주는 시대에 대한 믿음을 단념하지 않았다. 그리고 조금씩 어둠을 몰아내어 주변을 밝히고 있는 불사조의 노래에서 우리는 정말 인간적인 것이 얼마나 비극적으로 성스러운가를 우러러보게 된다. 그는 이처럼 어두운 역사의 밤에 빛나는 「별」이요 최후까지 민족의 앞을 밝혀 주는 가냘픔 촉燭불이었다.

오늘날 그를 불러 레지스땅스의 시인, 앙가쥬망의 시인과

01 재밤 : 한밤, 깊은 밤을 뜻하는 북한말.

같은 래디칼한 이름으로 부르는 것이 정말 그에게 광영光榮을
돌리는 일이 될지는 알 수 없다. 그는 독수리의 현실과 맞서서
싸우기보다, 그 독수리에게 간을 뜯기우고 있는 얽매인 인간
의 고독과 고뇌를 도맡아서 십자가를 짊어진 시인이었다. 「십
자가」라는 시는 그의 작품 중에서 뛰어난 것은 아니지만 당시
의 민족 수난의 현실에 대하여 시인이 혼자서 그 비극을 치르
는 일을 자원하고 나선 그의 순교자적인 심정과 염원이 잘 나
타나 있다.

괴로웠던 사나이
행복한 예수·그리스도에게
처럼
십자가가 허락된다면

모가지를 드리우고
꽃처럼 피어나는 피를
어두워가는 하늘 밑에
조용히 흘리겠습니다.

그는 또한 그리스도와 같이 부활을 믿었다.

그러나 겨울이 지나고 나의 별에도 봄이 오면
무덤 위에 파란 잔디가 피어나듯이

내 이름자 묻힌 언덕 위에도

자랑처럼 풀이 무성할 게외다.

그러나 시인이 원하는 것은 개인적인 부활에 그치지 않았다. 그는 귀중한 대가를 치름으로써 겨레가 그 보상으로 복福을 받고 해방되기를 빌었다. 그래서 그는 그리스도와 같이 학대받은 불행한 민족에게 복음福音을 전달하기 위하여 고독과 슬픔과 함께 저편의 밝음과 기쁨을 노래했던 것이다.

그는 예언의 시인이었다. 특히 그가 1942년 전후해서 쓴 작품들은, 그 세팅이 모두 밤과 어둠으로 되어 있으면서, 그와 반대로 주제主題적인 이미지는 항상 현재의 어둠을 넘어서 「내일」과 「새벽」의 광장으로 연결되어 있다. 그의 시에 「봄」이란 소곡小曲도 있지만, 독자는 그가 애용한 어휘들 「태양」 「별」 「아침」 「새벽」 「내일」 「희망」 「새로운 길」 등을 읽으면서 신선한 역사적인 이미지에 눈이 부실 것이다.

내일에 대한 예언은 무슨 현실적 사건을 분석해서 낸 예측과는 다르다. 그렇다고 낭만파 시인들의 미스티시즘에서 온 것도 아니었다. 그것은 기독교적인 윤리관의 신념에서 얻어진 실감實感이었던 것 같다. 마태복음 5장에서 영감을 얻은 듯한 「팔복八福」이란 시에서 그는 「슬퍼하는 자는 복이 있나니」를 8행으로 반복해서 강조하고 종행終行은 「저희가 영원히 슬플 것이오」라고 맺었다. 오만하고 포학한 무리는 벌을 받아야 하고, 학대받고 약한 민족은 복을 받고 해방을 맞이해야 되는 것이었다. 그것은 어떤 역사관보다도 필연한 것으로 시인에게는 믿어졌다고 보인다. 이러한 그의 강한 신념은 그의 시인적인 식감력에 세력을 부여하여 시적인 상상의 이미지로 눈앞에 보듯이 떠올랐다. 그에게 있어서 새벽과 내일은 벌써 상상의 세계가 아니고 곧 현실이었다고 보는 편이 옳을 것 같다.

요컨대 그는 두 개의 큰 여건 위에서 시를 썼다. 즉 민족의 수난을 일신에 짊어진 그 순교자적인 정열과 신념, 그리고 다른 하나는 시인인 것을 운명적이라고까지 느꼈던 그의 타고난 시인의 영감靈感이었다. 그는 살아가는 어려움과 비교해서 너무 쉽게 시가 쓰여지는 것을 뉘우쳤지만 그만치 나면서부터 그는 풍부한 재능을 타고나서 어쩔 수 없이 시를 쓰게 된 시인인 것을 스스로 고백한 것인지 모른다.

그는 특별히 형식성에 의식을 두고 일부러 기교를 부린 시인이 아닌 대신에 그의 타고난 시인의 재능은 청신淸新한 감각과 상상력(「소년」의 이미지들)과 섬세한 정서(「사랑스런 추억」에서와 같이)와 대담한 조사措辭로써 그의 순교자적인 인간 신념을 노래하였다. 그리하여 우리 서정시 사상史上에 있어서 그 예를 볼 수 없는 페이소스의 특유한 작품을 남겨 주었다. 그것은 한 시인의 면에서만 볼 때에도 유니크하고도 빛나는 「별」의 존재라고 하여 마땅하겠다.

윤동주의 시

박두진朴斗鎭

(시인)

시인 윤동주는 8·15 해방을 6개월 앞두고 왜지倭地 후쿠오
카福岡에서 「독립운동」의 죄명으로 복역하던 중에 옥사하였다.

〈죽는 날까지 하늘을 우러러

한 점 부끄럼 없기를………〉

스스로 기악하며,

〈─시대처럼 올 아침을 기다리는 최후의 나……〉

이던 그는 2차 대전 말, 처절한 민족의 수난, 암흑기에 처해
서 저 포악한 일제 군국주의에 의해 희생된 최후의 민족시인
이었다.

그는 그의 젊은 생애에 있어서 예리하고 늠렬凜冽한 저항의
시와 동시에, 깨끗하고 오롯한 고독과, 따뜻하고 잔잔한 사랑
의 정신精神을 바탕으로 해서 거의 불멸에 가까운 서정시인으
로서의 업적을 이룩했다.

지금까지의 우리의 시에서 고고한 지조나 따뜻한 사랑의 시나 일제에 대한 저항, 자유와 독립을 위한 것이 아주 없었던 것은 아니다. 그러나 이 윤동주의 경우처럼 그 작품과 생활과 지조가 완전히 구합具合 일체화된 예는 극히 드물다. 그만큼 윤동주는 숭고한 민족적 저항시인으로서 한 시대의 정점을 맡아 그 가열苛烈한 순절을 통해서 하나의 영원한 발화發花를 보였던 것이다.

티 없고 맑은 고독과 깊은 종교적인 사랑으로까지 경도傾倒했던 그의 인간성, 민족과 시대적 현실에서 불멸의 가치로서 탈환하지 않으면 안 되었던 자유와 정의에 대한 불굴의 저항 정신을 그는 아울러서 소유하고 있었다.

이러한 깊고 벅찬 정신을 그는 천부天賦의 서정성과 기법적 자질로 잘 조화시키고 통어統御하여, 많지는 못하나마 거의 완벽에 가까운 작품적 성과를 거두었고, 훌륭한 인간적 성실을 구현하여 일제 암흑기의 단절된 우리 문학사를 시와 지조와 피 흘리는 목숨의 희생으로써 이어 놓는 애절한 위업을 성취하였다.

> 죽는 날까지 하늘을 우러러
> 한 점 부끄럼이 없기를,
> 잎새에 이는 바람에도
> 나는 괴로워했다.
> 별을 노래하는 마음으로

모든 죽어가는 것을 사랑해야지

그리고 나한테 주어진 길을

걸어가야겠다.

오늘 밤에도 별이 바람에 스치운다.

— 서시(序詩)

　어느 한 편을 따 보아도 그의 시에는 고고한 품격과 지순至純한 인간성, 강직한 지조, 투철한 지성의 번뜩임이 윤택한 서정에 싸여 생명적인 구상을 이루고 있다.

　시와 사상, 사상과 지조, 그리고 시와 생애가 촌분寸分의 괴리도 있을 수 없이, 그의 서정정신과 저항정신이 한 줄기 순절에의 희생으로 일철화一徹化함으로써 하나의 영원한 비극적 아름다움을 이루어 놓고 있다.

　그의 이러한 예술과 인생의 순연純然한 일치와 완성이야말로 예술과 인생의 엄숙하고도 영원한 사명을 자각하는 이들의 한 전형이며 상징이 아닐 수 없다.

　일제의 포학과 우리의 순수한 서정적 민족시인의 대결은 현실적으로는 시인의 순절을 강요했으나, 그러나 윤동주 시인의 늠렬凜洌한 희생은 그의 작품과 생애의 불멸의 가치와 더불어 그러한 일제의 만행과 침략 군국주의의 죄악사를 영원히 고발하고 심판하며 있다.

쫓아오던 햇빛인데

지금 교회당 꼭대기

십자가에 걸리었습니다.

첨탑이 저렇게도 높은데

어떻게 올라갈 수 있을까요.

종소리도 들려오지 않는데

휘파람이나 불며 서성거리다가,

괴로웠던 사나이,

행복한 예수 · 그리스도에게

처럼

십자가가 허락된다면

모가지를 드리우고

꽃처럼 피어나는 피를

어두워가는 하늘 밑에

조용히 흘리겠습니다.

— 십자가(十字架)

　그의 시 중에서도 가장 그의 모두를 상징 대표하는 백미白眉

라 할 수 있는 이 〈십자가〉에 나타난 정신을 한마디로 요약하면 다름 아닌 순절정신殉節精神이라고 할 수 있다.

그가 한 사람의 시인으로서, 또 인격인, 민족인, 시대인, 지성인으로서 어떤 불멸의 진리와 부동의 신념으로 포회抱懷했던 고요하면서도 치열한 전인全人의 불길과 향기가 서려 오르고 있다. 그리고 이 순절정신은 그대로 오늘날의 우리에게 지워진 영예롭고 막중한 부담으로서 육박肉迫해 오고 있다.

그의 시와 생애가 우리 민족시사民族詩史에 깊이 뿌리박으면서, 시대와 시대의 변천을 초월해서 불후의 가치를 평가받는 이유가 여기에 있다.

동주 형의 추억

문익환 文益煥
(한국신학대 교수)

원통하기 그지 없지만 나는 동주 형의 추억을 써야 한다. 나는 이 글을 쓰고 싶었다. 무엇인가 동주 형에 대해서 내가 아는 대로 써야 할 것만 같은 심정이다. 그와 나는 콧물 흘리는 어린 시절의 6년 동안을 함께 소학교에 다니며 민족주의와 기독교 신앙으로 뼈가 굵어갔다. 그뿐만 아니라 만주에서 평양으로, 거기서 또 만주로 자리를 옮기면서 가장 민감한 10대에 세 중학교를 우리는 함께 편력하였다. 동주 형에 대해서 무엇인가 쓰고 싶은 것은 그 때문만이 아니다. 나는 그를 회상하는 것만으로 언제나 나의 넋이 맑아지는 것을 경험하기 때문에 더욱 그런 심정이 되는 것이다.

그 후 우리는 서로 길이 갈렸다. 그는 문학 공부하러 서울로, 나는 신학을 공부하러 동경으로 떠났다. 그러나 방학이 되면 으레이 서로 만나서 시간 가는 줄도 모르고 속을 털어 이야기를 주고 받았다. 물론 문학에 관해서는 언제나 내가 듣는 편이었다. 아무튼 나는 인생의 민감한 형성기에 그와 함께 유랑하면서 인생과 시를 배웠다.

그가 우리의 추억 속에 남겨 놓고 간 그 귀중한 것들은 그렇게 극적인 것은 아니다. 그에게 와서는, 풍파는 잠을 잤고 다들 양같이 유순하고 호수같이 맑아지는 것이었다. 그러나 그의 넋 속에는 남 모르는 깊은 격동이 있었다. 호수같이 잔잔한 해면 밑 깊은 데는 아무 것으로도 막을 수 없는 해류의 흐름이 있듯이!

그는 아주 고요하게 내면적인 사람이었다. 그래서 그는 친구들 사이에 말 없는 사람으로 통했다. 그렇다고 아무도 그를 건방지다고 생각하지 않았다. 모두들 그 말 없는 동주와 사귀고 싶어 했다. 그의 눈은 언제나 순수純粹를 찾아 하늘을 더듬었건만 그의 체온은 누구에게나 따뜻하게 느껴지는 것이었다. 나는 아무 과장 없이 고백할 수 있다. 그의 깊은 데서 풍겨 나오던 인간적인 따뜻함을 나는 아직 아무에게서도 느껴본 일이 없다고. 그러기에 그가 차지하고 있던 나의 마음 한구석은 다른 아무 것으로도 채워지지 않을 것이다. 이국 땅 만주에서도 신경新京의 거리를 헤매다가 해방의 종소리를 듣던 그 정오에 내 마음을 견딜 수 없이 쓰리게 한 것은 동주 형의 환상이었다.

「동주야, 네가 살았더라면……」

동주 형은 참으로 멋진 사내였다. 그의 일동일정一動一靜은 모두 자연스러웠고 서로 어울려서 동주답지 않은 것이 없었다. 그의 지성은 「모던」이었다. 그러나 그가 베적삼 베 고의에 고무신을 끌고 저녁 산책을 하는 것은 수수한 아저씨 그대로였다. 그렇다고 촌스러우냐 하면 그렇지도 않았다. 동주 형은 깨끗한 사람이었다. 양복은 언제나 구김살이 없었고 머리가 헝클어지는 일이 별로 없었다. 그러면서도 그는 결코 경박해 보이지 않았다. 그래도 저래도 다 동주다웠다. 그렇다. 동주다운 것—그것이 그리 좋았고 아무도 흉내를 낼 수 없는 것이었다. 「멋」이 한국 민족의 자연스러운 풍모인지 아닌지 나는 모른다. 아무튼 동주 형은 소위 멋을 낸다는 청년에게서는 찾아볼 수 없는 멋—그의 성품에서 풍겨 나오는 「멋」을 지니고 있었다고 하겠다. 나는 그의 멋에서 가장 순수하고 고귀한 한국적인 향기가 풍기고 있었다고 생각한다. 그는 극히 멋지게 「한」국적이었기에 그의 마음은 넓고도 넓은 「한 울」과 같았다.

「그의 저항 정신은 불멸의 전형이다」라는 글을 읽을 때마다 나의 마음은 얼른 수긍하지 못한다. 그에게 와서는 모든 대립은 해소되었었다. 그의 미소에서 풍기는 따뜻함에 녹지 않을 얼음이 없었다. 그에게는 다들 골육의 형제였다. 나는 확언할 수 있다. 그는 후쿠오카福岡 형무소에서 마지막 숨을 몰아 쉬면서도 일본 사람을 생각하고는 눈물지었을 것이라고. 그는 인간성의 깊이를 파헤치고 그 비밀을 알 수 있었기에 아무도 미워할 수 없었으리라. 그는 민족의 새 아침을 바라고 그리워하는 점에서 아무에게도 뒤지지 않았다. 그것을 그의 저항정신이라 부르는 것이리라. 그러나 그것은 결코 원수를 미워하는 것일 수는 없었다. 적어도 동주 형은 그렇게 느낄 수 없었으리라.

나는 동주 형이 시인이 되리라고는 생각할 수 없었다. 그가 시를 쓴다고 야단스레 설치는 것을 본 일이 없다. 그는 사상이 능금처럼 익기를 기다려서 부끄러워하면서 아무것도 아닌 양 쉽게 시를 썼다. 그렇게 자연스레 시를 쓰는 듯이 보였기 때문에 나는 그가 취미로 시를 쓴다고만 생각했었다. 한데 그는 몇 수의 시를 남기려 세상에 왔던 것이다. 그의 가장 동주다운 멋은 역시 그의 시에 나타나 있다고 나는 믿게 되었다. 그는 사상이 무르익기 전에 시를 생각하지 않았고, 시가 성숙하기 전에 붓을 들지 않았다. 그렇기 때문에 시 한 수가 씌어지기까지 그는 남모르는 땀을 흘리기도 했으련만, 그가 시를 쓰는 것은 그렇게도 쉽게 보였던 것이다.

나는 그를 만나면 최근작을 보여 달라곤 했다. 그러면 그는 아무 말 없이 공책이나 종이 조박지에 쓴 시들을 보여 주곤 했다. 조금도 뽐내거나 자랑하는 기색이 없어 좋았다. 그렇다고 그는 애써 겸손하지도 않았다. 다만 타고난 동주다움을 가지고 살고 생각하고 쓸 뿐이었다. 나는 그의 시를 퍽 좋아했다. 무엇보다도 그의 시가 알기 쉬워서 좋았다. 그는 대단한 독서가였다. 방학 때마다 사 가지고 돌아와서 벽장 속에 쌓아 둔 그의 장서를 나는 못내 부러워했었다. 그의 장서 중에는 문학에 관한 책도 있었지만 많은 철학 서적이 있었다고 기억된다. 한

번 나는 그와 켈케골[01]에 관한 이야기를 하다가 그의 켈케골에 관한 이해가 신학생인 나보다 훨씬 깊은 데 놀라지 않을 수 없었다. 그렇게도 쉬지 않고 공부하고 넓게 읽는 그의 시가 어쩌면 그렇게 쉬웠느냐는 것을 그때 나는 미처 몰랐었다. 그의 시가 그렇게도 쉬웠기 때문에 나는 그의 시는 그다지 훌륭한 것이 못 되거니라고만 생각했었다. 한데 그것이 그렇게도 값진 것으로 우리 문학사상 찬연히 빛나는 시가 되리라고는 꿈에도 생각하지 못했었다.

나는 그에 나타난 신앙적인 깊이가 별로 논의되지 않는 것이 좀 이상하게 생각되곤 했었다. 그의 시는 곧 그의 인생이었고, 그의 인생은 극히 자연스럽게 종교적이기도 했다. 그에게도 신앙의 회의기가 있었다. 연전延專 시대가 그런 시기였던 것 같다. 그런데 그의 존재를 깊이 뒤흔드는 신앙의 회의기에도 그의 마음은 겉으로는 여전히 잔잔한 호수 같았다. 시도 억지로 익히지 않았듯이 신앙도 성급히 따서 익히려고 하지 않았던 것이리라. 그에게 있어서 인생이 곧 난 대로 익어가는 시요 신앙이었던 것 같다.

동주 형은 갔다. 못난 나는 지금 그의 추억을 쓴다. 그의 추억을 쓰는 것으로 나의 인생은 맑아진다. 그만큼 그의 인생은 깨끗했던 것이다.

---

01 켈케골 : 키르케고르

인간 윤동주

(서울대 문리대 교수)

동주는 깊은 애정과 폭 넓은 이해로 인간을 긍정하면서도, 자기는 회의懷疑와 일종의 혐오로 자신을 부정하는 괴벽한 휴머니스트이다. 남에 대한 애정은 곧 자신에 대한 자학으로 변모하는 그의 인생관이 시작詩作에도 여러 군데 나타나고 있다.

「다시 그 사나이가 미워져 돌아갑니다」

우물 속에 비친 〈자화상〉을 보고 독백하는 말이다. 그는 자기를 미워하면서도, 자기가 인류의 한 멤버라는 것을 인식할 때엔 자신을 사랑하지 않을 수 없는 숭고한 인간애가 있다.

「돌아가다 생각하니 그 사나이가 그리워집니다.」(자화상)

전자의 〈그 사나이〉는 외톨로 된 동주 자신이고 후자의 〈그 사나이〉는 인류의 일원인 동주였었던 것이다.

「이제 네게는 삼림森林 속의 아늑한 호수가 있고

　내게는 준험한 산맥이 있다.」(사랑의 전당殿堂)

자기 이외의 모든 동포의 행복을 기원하면서도 자기를 준험한 산맥임을 자학하는 그의 희생의 휴머니티가 나타나 있다.

「행복한 예수 · 그리스도에게

처럼

십자가가 허락된다면

모가지를 드리우고

꽃처럼 피어나는 피를

어두워가는 하늘 밑에

조용히 흘리겠습니다」

— 십자가

여기에서 그의 자아 부정의 인류애를 넉넉히 짐작할 수 있다. 예수처럼 전 인류의 구세주를 의식하지는 않으면서도 그의 포근한 인간미와 우애가 생리生理처럼 그를 지배하여 결국은 자학에 가까운 옥사獄死를 감수하기에 이른 것이 아닌가 생각한다. 〈인간 동주東柱〉는 인간이기에 인간애를 알았고, 동주는 또 영원히 외로운 〈동주童舟〉였기에 외롭게 희생되고 말았던 것이다.

×   ×

내가 C전문학교에 입학시험 보러 상경하였을 때의 일이다. 그때 그 학교 3학년에 재학 중인 동주는 나를 위해 하숙방을 얻어 놓고 역까지 마중 나왔다. 저녁 늦게까지 내 하숙방에서 이야기하다가 동주는 기숙사로 돌아간다고 나갔다. 아마 자정도 훨씬 넘은 시간이었다. 가는 여독을 풀자고 자리에 누워 깜박 잠이 들었다. 밖에서 창문 두드리는 소리에 소스라쳐 깼다. 동주가 다시 온 것이다.

방에서 냇내가 나니 창을 좀 열고 자라고 이르는 것이다. 내가 들창문을 좀 열어 놓는 것을 보고는 그대로 어둠 속으로 사라져 갔다. 그는 자정이 넘은 어두운 신촌 굴길을 타박거리고 더듬어 갔다. 뒤에 들으니 동주는 가깝지 않은 기숙사까지 다 갔다가 걱정이 되어서 다시 왔더라는 것이다. 그 방에서 학생 하나가 냇내에 중독이 되어서 쓰러진 일도 있었다는 것이다. 이것은 동주가 「너는 아늑한 호수에」, 「나는 준험한 산맥」에 있겠다는 그 시심詩心과도 같은 일화이다.

동주는 항상 시와 생활이 일치된 경지에서 살았다. 외유내강外柔內剛이란 말이 있지만, 동주는 외미내미外美內美의 인간이다. 그의 시가 아름답듯이 그의 인간도 아름답고, 그의 용모가 단정우미端正優美하듯이 그의 마음도 지극히 아름답다. 나는 언젠가 동주의 추억기에서 희랍의 대리석 조각을 연상하리만큼 훤출 미끈한 미남자라고 쓴 일이 있다. 어렸을 적에 나에게 영상映像된 동주는 미남 그대로였고, 마음씨는 다정한 누나 그대로였다.

동주와 나는 세교世交 집안의 사이였다. 동주의 조부와 나의 조부가 이역 북간도에서 함께 살았다. 동주의 아버지와 나의 아버지는 같은 교회의 일꾼이었다. 나의 형 〈요한〉과 동주는 은진중학의 동기동창이다. 나는 형을 졸졸 따라서 동주와도 농을 했다. 형은 왕왕이 나를 귀찮아했으나, 동주는 어느 때나 다정히 나를 감싸 주었다. 우애 있는 휴머니스트였다.

1930 몇 년의 일이었던지—「어린이」(?) 잡지에 「지도」라는 동요를 발표하고 나에게 읽어 주었다. 오줌 싼 이야기이다. 나도 웃고 저도 웃었다.

「오줌을 싸고도 부끄럽지 않아서 글까지 쓰고 또 자랑까지 한다」

나는 속으로 이렇게 생각했다. 그러나 그때의 동주의 웃음은 오줌 싼 어린이답지 않게 의젓했고, 티 없는 호수의 잔잔한 무늬처럼 아름답기만 했다.

그러나 동주에게는 짓궂은 자기 학대가 있다. 이것이 그로 하여금 비운悲運의 최후를 가져오게 한 것이다. 서울에서 나는 얼마 동안을 동주와 함께 하숙생활을 한 일이 있다. 그는 유별나게 간지럼을 많이 탔다. 그의 친구들은 심심하면 그의 발을 건드린다. 그러면 동주는 대굴대굴 뒹군다. 얼굴이 빨개져서……. 그러는 것이 재미있어서 친구들은 더 극성이다. 하루는 동주가 친구들에게 자청해서 발을 내놓고 간질이라고 명했다. 친구들은 영문도 모르고 발에 손을 댔다. 동주는 이를 악물고, 다리를 틀면서 참았다. 한참 만에 친구들은 장난할 의욕을 잃었다. 동주의 얼굴이 새하얗게 질렸기 때문이다. 이것은 극기克근에서 자학自虐으로 넘어선 경지이다.

동주는 또 영원한 향수鄕愁를 그리다가 그대로 죽어간 시인이다. 그가 이역에서 태어났고, 또 뼈가 굵을 때까지 이역에서 자랐기 때문에 조국 땅에 대한 향수는 남달리 대단했다. 그러나 조국 땅에 발을 들여놓았을 때는 조국 아닌 일제의 식민지였었다. 그는 이 조국 아닌 조국 땅에서 또 다른 조국을 향수했던 것이다. 〈또 다른 고향〉은 이때 쓴 것이다. C전문학교를 마치고 일본으로 건너갔을 때에는 그대로 빼앗긴 땅에 대한 향수를 안은 채 일제 감옥 속에서 큰 소리를 외치고 운명했다고 전해지니, 그것은 향수의 절규가 아니었을지.

동주는 이렇게 향수를 안고 자랐고, 살았고, 또 죽었다.

그가 가장 좋아하던 노래는

「내 고향으로 날 보내 주……」

였다. 심심할 때 홀로 하숙방 툇마루에 앉아서 이 노래를 불렀다. 또 그 좋아하는 휘파람으로 이 곡조를 먼 하늘에 날려 보내기도 했다. 또 다른 고향으로 보내 달라고 애소哀訴하던 시인 동주는 정녕 그 원대로 일찍이 그 곳으로 가 버린 것이다.

동포애와 인류애로 자신을 짓밟은 동주, 일제에 항거한 반항시인 동주는 이제 가 버렸으나, 인간 동주의 시詩와 시심詩心과 휴머니티는 영원히 이 땅에 남아 있을 것이다.

추기 追記

윤일주 尹一柱

    고인 별세 후 세상에 빛을 보이게 된 작품 원고의 출처는 이 러합니다.

    제1부[01]와 제3[02], 제4부[03]의 더러 및 제5부[04]는 고인이 연전延 專을 졸업하고 도일渡日할 때 동문인 정병욱鄭炳昱 선생에게 맡 긴 것을 정 선생의 자당慈堂께서 향리인 경남 하동[05]에 깊이 간 수하였던 것이며, 제2부[06]는 고인이 도쿄東京에서 서울의 한 글 벗에게 편지와 함께 보냈던 것인데, 편지는 소각하고 작품은

---

01 『하늘과 바람과 별과 시』 1979년본의 1부를 말하는 것으로 이 책의 1장에 해당한다.

02 이 책의 3장과 4장에 해당한다.

03 이 책의 5장에 해당한다.

04 이 책의 6장에 해당한다.

05 윤동주가 정병욱에게 준 육필 시고 『하늘과 바람과 별과 시』는 정병욱의 어머니에 의 해 전남 광양시 진월면 망덕리 자택에 숨겨졌다. 정병욱이 어린 시절 경남 하동에서 살았고 그의 조부와 아버지는 섬진강 포구에서 수산업을 하였으며, 또 전남 광양이 경남 하동과 맞닿아 있기에, 윤일주가 착각한 듯하다. 망덕 포구의 집은 정병욱이 부 산 동래중학을 다닐 무렵 그의 할아버지가 사서 운영하던 양조장으로, 양조장과 주택 을 겸한 보기 드문 건축물이다.

06 이 책의 2장에 해당한다.

땅 속에 묻어서 일제 말의 엄한 감시를 피했던 것이며, 제3, 제4부 중주中主로 중학 시절에 쓰인 것은 고인의 누이 혜원惠媛이 1948년에 고향 용정에서 마魔의 삼팔선을 넘어서 가져온 것입니다.

이분들의 고인에 대한 따뜻한 정성이 아니었더라면 이 작품들은 세상에 알려지지 못하였을 것입니다.

이 자리를 빌어 기록해 두는 바입니다.

(1967. 2. 16. 윤일주 기[記])

3판을 내면서

정병욱鄭炳昱

    동주 형의 10주기가 지나고, 다시 10년이 지났다. 그동안 절판되었던 시집을 다시 찍어 내고, 그의 모교 뜰에 시비를 세우려던 20주기는 열매를 맺지 못한 채 지나가 버렸다. 이제 민족 시인으로서 움직이지 못한 자리를 차지한 그의 광망光芒은 기어이 독자들로 하여금 그의 시집을 찾게 하고 있다. 판版이 거듭될수록 이 땅의 젊은이들의 가슴을 설레게 하는 것이 당연한 일이기는 하겠지만, 처음부터 그의 시집 엮는 일에 관여해 온 한 사람으로서 적이 보람을 느낀다.

    동주의 감각과 지조와 인간을 흠모하여 그의 시를 찾는 이를 위하여, 무엇이고 도움이 될 수 있는 일이라면 아끼지 않으려는 몇 분의 수고를 이 3판에서 끼치게 된 것을 기쁘게 생각한다. 주로 문학사상文學史上의 위치를 중심으로 동주를 이해하려고 한 백철白鐵 선생의 글은, 동주 시의 역사적 의의를 정착

시켰다. 같은 시인인 박두진朴斗鎭 선생은 시를 통하여 시인 윤동주의 예술을 정당하게 평가해 주셨다. 그리고 동주와 생전에 교분이 두터웠던 장덕순張德順, 문익환文益煥 두 분의 글은 앞으로 윤동주 연구의 산 자료로서 그 가치를 잃지 않을 것으로 믿는다.

바쁘신 중에도 좋은 글을 덧붙여 주신 네 분 선생들께 깊이 고마운 뜻을 표하지 않을 수 없다. 그리고 동주를 이해하는 데 도움이 될까 하여, 이번에는 그의 연보를 책미尾에 붙이기로 하였다. 많은 참고가 되어 주기를 바란다.

(1967. 2. 16.)

윤동주 연보

1917년 (1세)

12월 30일 만주 간도성閒島省 화룡현和龍縣 명동촌明東村에서 부 윤영석
尹永錫(1985-1962)과 모 김용金龍(1891-1948) 사이의 장남으로
태어남(호적상 출생 연도가 1918년인 까닭은 출생 신고를 1년 늦게
했기 때문이다). 본관은 파평坡平. 부친 윤영석은 윤동주의 아명
을 '해환海煥'이라 함. 둘째아들 일주에게는 달환達煥, 그 밑으
로 갓난아이 때 죽은 동생에게는 '별환'이라는 아명을 지어 줌.

1899년 증조부 윤재옥(본적은 함경북도 청진부 포항정 76번지)
이 종성에 살다가 북간도 자동紫洞으로 이주했고 조부 윤하현
이 명동촌으로 이주해 계속 살아왔음.

조부 윤하현尹夏鉉(1875-1948)은 기독교 장로, 부친 윤영석은
명동학교 교원이었음. 국내외 많은 독립지사를 길러낸 규암圭
巖김약연金躍淵(1868-1942)은 외삼촌.

석 달 전인 9월 28일 고종사촌 송몽규가 외가인 윤동주의 집
에서 태어남. 부친은 송창희, 모친은 윤신영. 아명은 한범韓範.

1923년 (7세)

부친 윤영석은 이해 일본 유학을 떠났다가, 9월 1일 '관동대지
진'이 일어나자 조선인에 대한 살해 위협이 높아져서 학업을
중단하고 귀국함.

12월 누이동생 혜원惠媛 태어남. 아명은 귀녀貴女.

1925년 (9세)

4월 4일   명동소학교 입학.

동급생으로 고종사촌 송몽규, 당숙 윤영선(의사), 외사촌 김정우(시인), 문익환(목사, 시인) 등이 있었음.

1927년 (11세)

12월   동생 일주尹一柱(1927-1985) 태어남. 아명은 달환達煥.

1928년 (12세)

명동소학교 4학년이던 이해 서울에서 발행되던 《아이생활》, 《어린이》 잡지를 구해 탐독함. 그 중에서 《어린이》는 소파 방정환이 만든 잡지로, 발행부수 10만부를 기록하는 등 대단한 인기를 얻었는데, 이 무렵 소파 방정환은 조선총독부의 감시를 받으며 심한 고초를 겪음.

1929년 (13세)

고종사촌 송몽규 등을 비롯한 급우들과 함께 신문 형식의 등사판 문예지 《새 명동》을 만들고 동요와 동시 등의 작품을 씀.

9월   이해 윤동주가 다니던 '명동소학교'는 '교회학교'에서 '인민학교'로 넘어갔다가 중국 당국에 의해 '공립'으로 강제 수용됨.

외삼촌 김약연은 평양 장로교신학교 입학함.

1930년 (14세)

외삼촌 김약연 평양 장로교신학교에서 1년간 수학, 목사 안수를 받은 후 명동교회 목사로 부임함.

이 무렵 명동촌 등 만주 지방에서 공산주의자들에 의한 테러가 빈발하는 등 험악한 사태가 벌어짐.

1931년 (15세)

3월 20일 명동소학교 졸업. 졸업선물로 파인 김동환 시집 『국경의 밤』을 받음.

이해 명동에서 10리 정도 남쪽 대랍자大拉子, 따라즈)의 중국인 소학교인 화룡현립 제일소학교 고등과에 송몽규, 김정우와 함께 편입하여 1년간 공부함.

1932년 (16세)

4월 명동촌 서쪽 30리 '용정'이라는 소도시의 은진중학교에 송몽규, 문익환과 함께 입학함. 이때부터 아명 '해환' 대신 '윤동주'로 사용하기 시작함.

은진중학교는 캐나다 선교사들이 세운 미션스쿨이었는데, 재학 중에 교내 잡지를 만들기도 하고 축구선수로 뛰는 한편 교내 웅변대회에서 "땀 한 방울"로 1위에 입상하는 등 다양하게 활동함.

이해 가을 명동촌 집과 농토를 소작인에게 맡기고 온 가족이 용정으로 이사함. 이사한 집은 20평 정도의 초가집으로, 주소는 용정가 제2구 1동 36호.

용정으로 이사 온 후 부친은 인쇄소, 포목점 등 사업을 벌였으나 운영이 쉽지 않았음.

1933년 (17세)

4월 동생 광주尹光柱(1933-1962) 태어남.

1934년 (18세)

12월 24일 「초 한 대」「삶과 죽음」「내일은 없다」 등을 창작함. 이 3편은 현재 확인할 수 있는 윤동주 최초의 시작품들임.

1935년 (19세)

1월 1일 고종사촌 송몽규가 동아일보 신춘문예에 아명 송한범宋韓範으로 응모하여 콩트 「술가락」이 당선됨.

4월 송몽규는 가출하여 낙양군관학교 제2기생으로 입학함.

9월 1일 은진중학교 4학년 1학기를 마치고 평양 숭실중학교 3학년 2학기에 편입한 데 비해 친구 문익환은 4학년으로 편입함. 윤동주가 문익환보다 한 학년 아래 학년으로 편입한 것은 편입시험에 실패했기 때문.

학교 기숙사에서 생활하며 독서와 시작에 전력을 기울임.

이 무렵(1935.9-1936.3), 훗날 조선일보 학예부 가자가 되는 마르크스주의 철학자 박치우(1909-1949)와 교유함. 박치우는 당시 숭실전문 교수였음.

9월 말 평양역에서 당시 부산중학교 4학년생이던 일본인 시인 우에모토 마사오上本正夫를 만나 그가 주재하는 동인지《녹지대》 참여를 제의받지만 단호하게 거절함. 이유는 단 한 가지, 동인지가 일본어로 발행되기 때문. 윤동주는 평생 한글로만 시를 썼음.

10월 「공상」이 숭실중학교 교지《숭실활천崇實活泉》 제15호에 실리는데, 이 작품은 활자화된 윤동주의 첫 작품.

그 외 「거리에서」「창공」「남쪽 하늘」과 동시 「조개껍질」 등을 씀.

1936년 (20세)

4월 6일   숭실중학이 신사참배를 거부한 교장 윤산온(尹山溫, George S. Mccune) 선교사가 교장직에서 파면당하자 이에 항의하는 동맹휴학을 주도하고 자퇴함. 이 사실은 동급생이었던 김형석 철학자의 증언으로 알려짐. 자퇴 후 용정으로 귀향하여 4월 6일 광명학원 중학부 4학년에 편입하고 문익환은 5학년에 편입함.

용정 외가에 와 있던 아동문학가 강소천(1915-1963)을 만남.

북간도 연길에서 발행하던 《가톨릭소년》지 11월호에 동시 「병아리」를, 12월호에 동시 「빗자루」를 발표함.

그 외 광명중학에 재학하는 동안 동시 창작에 전념하여 「고향집」「기왓장 내외」「햇비」「비행기」「굴뚝」「무얼 먹고 사나」(1937년 《가톨릭소년》 3월호에 발표) 「봄」「참새」「개」「편지」「버선본」「눈」「사과」「닭」「겨울」「호주머니」, 그리고 시 「비둘기」「이별」「식권」「모란봉에서」「황혼」「가슴1」「종달새」「산상」「오후의 구장」「이런 날」「닭」「가슴2」「꿈은 깨어지고」「곡간」「빨래」「가을밤」「아침」 등을 쓰는 한편 《정지용 시집》을 정독함.

4월 10일   송몽규가 중국 제남에서 고향으로 돌아오다가 일본경찰에 체포돼 문초를 당함.

9월 14일   송몽규는 거주 제한하는 조건으로 풀려난 뒤 요시찰인(要視察人)으로 계속 일본경찰의 감시를 받음.

1937년 (21세)

1-10월   윤동주는 졸업학년인 광명중학교 5학년으로 진급하고, 중국에서 돌아온 송몽규는 4년제 대성중학교 4학년 졸업반으로 편입함.

《가톨릭소년》 1월호에 「오줌싸개 지도」, 3월호에 「무얼 먹고 사나」 발표함. 필명은 윤동주尹東柱.《가톨릭소년》 10월호에 「거짓부리」를 발표함. 이때 처음 동주童舟라는 필명을 사용함.

8월　100부 한정판으로 발간된 백석 시집 『사슴』을 구하지 못하자 전작품을 베껴 필사본을 만들었음.

상급학교 진학 문제로 부친과 극심한 갈등을 겪음. 윤동주는 문과를 희망했고 부친은 의과를 원했음. 결국 조부 윤하현의 권유로 부친이 고집을 꺾음.

9월　수학여행으로 금강산과 원산 송도원 등지를 가다. 이때 「바다」와 「비로봉」을 지음. 그 외 시 「황혼이 바다가 되어」「밤」「장」「달밤」「풍경」「한난계」「그 여자」「소낙비」「비애」「명상」「산협의 오후」「창」「유언」(1939년 1월 23일자 조선일보 학생란에 발표) 그리고 동시 「둘 다」「반디불」「할아버지」「만돌이」「나무」씀.

1938년 (22세)

2월 17일　광명학원 중학부 5학년을 졸업함.

4월 1일　숭실중학교 재학 시절에 교유했던 숭실전문 교수 박치우가 조선일보 학예부 기자가 됨. 그 인연으로 윤동주의 여러 작품이 조선일보 학예란에 실림.

4월 9일　송몽규와 함께 서울 연희전문학교 문과에 입학하여 학교 기숙사 핀슨홀 3층에서 송몽규, 강처중과 함께 학교생활을 시작함.

그 당시 연희전문에는 비밀독립운동 단체 '흥업구락부'에 참여했다는 이유로 교수직을 박탈당하고 도서관 촉탁직으로 근무하던 『우리말본』의 저자인 한글학자 최현배에게서 조선어를 배우고, 역사학자 손진태에게서는 민족문화를, 이양하 교수에게서는 영시를 배움.

연희전문 재학 중에는 여름방학과 겨울방학 두 차례 고향 용정을 방문하였음. 이때마다 태극기, 애국가, 기미독립운동, 광주학생사건 이야기를 동생들에게 들려줌.

시 「새로운 길」 「비오는 밤」 「사랑의 전당」 「이적異蹟」 「아우의 인상화」(1939년 10월 17일자 조선일보 학생란에 발표) 「코스모스」 「슬픈 족속」 「고추밭」과 동시 「햇빛·바람」 「해바라기 얼굴」 「애기의 새벽」 「귀뚜라미와 나와」 「산울림」 그리고 산문 「달을 쏘다」(1939년 1월 조선일보 학생란에 발표)를 지음.

1939년 (23세)

연희전문 2학년으로 진급하였으나 급식 등 환경이 극도로 나빠진 기숙사를 나와 북아현동, 서소문 등지에서 하숙을 함.

북아현동 하숙 시절에는 라사행과 함께 이웃에 살던 정지용의 집을 여러 차례 방문함.

《문장》《인문평론》을 매달 사서 읽음.

1월 23일　조선일보 학생란에 산문 「달을 쏘다」를, 2월 6일에는 시 「유언」을, 10월 17일에는 「아우의 인상화」를 윤동주尹東柱 또는 윤주尹柱라는 필명으로 발표함.

동시 「산울림」을 조선일보가 발행하는 《소년》 3월호에 윤동주尹童舟라는 필명으로 발표함. 이를 계기로 《소년》 편집인인 아동문학가 윤석중을 만남.

그 외 시 「달같이」 「장미 병들어」 「투르게네프의 언덕」 「산골물」 「자화상」(1941년 6월 교내지 《문우》에 발표) 「소년」 등의 시를 씀.

이 무렵 부친은 한국인이 경영하는 삼화물산회사의 취체역 상무로 취직함.

1940년 (24세)

4월   하숙생활을 정리하고 연희전문 기숙사로 돌아옴. 이때 경남 하동 출신 후배 정병욱鄭炳昱(1922-1982)과 룸메이트가 됨.

릴케, 발레리, 앙드레 지드 등을 탐독함.

이해 이화여전 캠퍼스 구내 협성교회에 다니면서 케이블 목사 부인이 지도하는 영어성서반에 참석함.

8월   여름방학 동안 고향 용정에서 외삼촌 김약연에게서 『시경詩經』을 배움.

12월   부친 윤영석은, 그동안 살던 20평 초가집이 많은 식구들이 살기에 너무 비좁아 캐나다 조계지 내의 큰 집을 사서 수리해 이사함. 주소는 용정시 정안구 제창로 1의 20.

1939년 9월 이후 1년 이상 절필하다가 12월에 3편의 시를 씀. 「병원」(12월), 「위로」(12월 3일), 「팔복」(12월).

1941년 (25세)

5월 하순   후배 정병욱과 함께 다시 연희전문 기숙사를 나와 누상동 8번지 소설가 김송(1909-1988) 댁에 하숙을 정함. 윤동주는 김송 소설가와 인왕산 산책을 하면서 자주 치마바위에 올라 당시의 정세와 서로가 지향하는 문학에 대한 의견을 나눔.

김송 댁의 가족적이고 안정적인 분위기 덕분에 이 집에서 하숙하는 짧은 기간에 많은 작품을 씀.

9월   요시찰인이던 소설가 김송에 대한 일경의 감시가 심해지자 하숙집을 북아현동으로 옮김.

연희전문학교 문과에서 발행한 《문우》지에 「자화상」「새로운 길」발표.

그 외 시 「무서운 시간」「눈 오는 지도」「태초의 아침」「또 태초

의 아침」「새벽이 올 때까지」「십자가」「눈 감고 가다」「못 자
는 밤」「돌아와 보는 밤」「간판없는 거리」「바람이 불어」「또
다른 고향」「길」「별 헤는 밤」「서시序詩」「간」 그리고 산문 「종
시終始」 씀.

12월 27일 전시에 접어들어 학제가 단축되어 졸업을 3개월 앞당겨 연희
전문학교 문과를 졸업함.

19편으로 된 자선 시집 『하늘과 바람과 별과 시』를 졸업 기념
으로 출간하려 했으나 스승 이양하 교수의 만류와 부친이 출
판비를 마련할 수 없어 출판하지 못함. 윤동주는 처음엔 시집
제목을 '세상은 병원, 사람들은 모두 환자'라는 의미를 담은
『병원』으로 하려고 했음.

1942년 (26세)

1월 연전 졸업 이후 한 달 반 정도 고향집에 머무는 동안 집안 형
편이 몹시 어려워진 것을 알게 되어 일본 유학을 망설이고 있
었음. 그러나 부친의 권유로 유학을 결정함. 일본 유학을 위한
서류 수속 때문에 윤동주는 성씨를 '히라누마平沼'로, 송몽규
는 '소오무라宋村'로 창씨함. 이 치욕과 고통을 1월 24일에 쓴
「참회록」이라는 시에 표현했음.

이 무렵 키에르케고르를 탐독함.

4월 1일 송몽규는 교토 제국대학 서양사학과에 입학함.

4월 2일 3월경 일본으로 건너가 4월 2일 성공회에서 운영하는 기독교
계 대학인 릿교立教대학 문학부 영문과 선과選科에 입학함. 동
경에 도착하여 입학 수속을 밟는 동안에는 윤영춘이 장기투
숙 중인 동경YMCA회관에 머물렀고, 입학 후에는 동경 신주
쿠 JR 다카다노바바역 부근에 하숙을 정함. 릿교대 학적부에
는 동경 요도바시구 스와쵸 212 이시가미 댁, 동경 요도바시
구 스와쵸 209 기쿠스이관菊水館 두 곳이 기재되어 있음. 첫

번째 하숙집 터에는 현재 일본플라워학원, 두 번째 하숙집 터에는 일본점자도서관 건물이 들어서 있음.

릿쿄대학 시절에 연희전문 학우 강처중에게 보내는 편지에 동봉한 시 「참회록」(1942), 「흰 그림자」(1942.4.14.), 「흐르는 거리」(1942.5.12.), 「사랑스런 추억」(1942.5.13.), 「쉽게 씌어진 시」(1942.6.3.), 「봄」 등은 이 하숙집에서 쓴 작품으로 추정됨.

릿쿄대학 재학 중 여름방학 때 딱 한 번 용정 고향집에 다녀오는데, 이것이 마지막 귀향이 되고 맒.

10월 1일 여름방학 때 용정 고향집에서 도호쿠東北 제국대학 입학수속 하라는 친구의 전보를 받고 급히 도일하였으나 여러 가지 사정으로 포기하고, 대신 10월 1일 교토의 도시샤同志社대학 문화학부(영문학 전공)에 편입함. 교토 하숙집 주소는 교토시 사쿄구 다나카 다카하라쵸 다케다아파트(京都市 左京區 田中 高原町 武田アパート). 현재 이 하숙집 터에는 일본조형예술대학 교사가 들어 서 있음.

10월 29일 외삼촌 김약연 별세함.

1943년 (27세)

7월 10일 송몽규 독립운동 혐의로 특고경찰에 체포되어 교토시 시모가모下鴨 경찰서에 구금됨.

7월 14일 윤동주도 귀국하기 위해 고향에 짐을 부친 후 출발을 기다리던 중 독립운동 혐의로 일본경찰에 체포되어 시모가모 경찰서에 구금됨. 송몽규와 같은 하숙집에 살던 고희욱도 이때 검거됨.

당숙 윤영춘이 도쿄에서 윤동주와 송몽규의 면회를 왔고, 이때 윤동주가 '고로키'란 형사 앞에서 한글로 쓴 작품과 일기 등을 일역日譯하는 것을 목격함. 외사촌 김정우도 면회할 때 같은 장면을 목격함.

12월 6일   윤동주, 송몽규, 고희욱 교토 지방검찰국으로 송치됨.

이해 부친은 회사를 그만두고 막내동생 윤광주와 함께 양계업을 시작함.

1944년 (28세)

2월 22일   윤동주와 송몽규는 기소되고 고희욱은 기소유예로 1월 19일 석방됨.

3월 31일   교토 지방재판소 제2형사부에서 이른바 '치안유지법' 제5조 위반 '독립운동'의 죄명으로 검찰은 3년을 구형하였으나 재판부는 2년 형(미결 구류일수 120일 산입算入)을 선고함. 4월 1일 형량이 확정됨.

윤동주에게 범죄혐의를 씌운 '치안유지법'은 1941년 2월 12일 공포한 '조선사상범 예방구금령'과 3월 1일 개정된 '치안유지법' 제3장 '예방구금'조항에 의한 것임.

4월 13일   송몽규 교토 지방재판소 제2형사부에서 독립운동의 죄명으로 2년 형을 언도받음.

윤동주, 송몽규 판결 확정된 후 함께 규슈 후쿠오카福岡 형무소에 수감됨.

1945년 (29세)

2월 16일   새벽 3시 36분, 후쿠오카 형무소에서 외마디 비명을 지르며 순절함.

2월 18일   북간도의 고향집에 "2월 16일 동주 사망, 시체 가지러 오라"는 사망 통지 전보 도착함. 이 전보를 받은 부친 윤영석과 당숙 윤영춘이 시신을 찾으러 후쿠오카 형무소로 떠난 후, 2월

18일에는 "동주 위독하니 보석할 수 있음, 만일 사망 시에는 시체를 가져가거나 아니면 규슈 제국대 의학부에 해부용으로 제공할 것"이라는 속달 우편 통지가 뒤늦게 도착함.

후쿠오카 형무소에서 윤동주 시신을 확인하기 전에 피골이 상접한 송몽규를 면회한 윤영춘은 송몽규로부터 이름 모를 주사를 강제로 맞고 있으며 동주가 죽은 이유도 주사 때문일 것이라는 증언을 들음.

3월 6일　윤동주의 시신은 후쿠오카 시립 화장장인 '히바루 장제장'에서 화장하여 뼛가루만이 고향으로 돌아와 윤동주 친구 문익환의 아버지 문재린 목사의 집례로 장례식을 치름. 장례식 때는 연희전문 교지 《문우》에 발표된 「자화상」과 「새로운 길」이 낭독됨. 유해는 용정 동산東山의 중앙교회 묘지에 묻힘.

3월 7일　윤동주 사후 20일만에 송몽규 역시 후쿠오카 형무소에서 눈을 감지도 못한 채 순절함. 부친 송창희와 육촌 동생 송희규가 도일하여 유해를 찾아다가 명동촌에서 가까운 장재촌 뒷산에 안장함. 훗날 송몽규 묘소는 윤동주 묘 바로 옆으로 이장됨.

6월 14일　단오날을 맞아 윤동주 집안은 '시인윤동주지묘詩人尹東柱之墓'란 비석을 윤동주 묘소에 세웠고, 송몽규 집안은 '청년문사송몽규지묘靑年文士宋夢奎之墓'란 비석을 세움. 생전에 윤동주가 한 번도 들어보지 못한 '시인'이란 호칭을 묘비에 새기도록 결정한 것은 조부 윤하현의 뜻임. 윤동주 묘비는 윤하현의 묘비로 쓰려고 준비한 묘비임. 비문碑文을 짓고 쓴 분은 해사海史 김석관金錫觀. 순한문 300자로 적은 비문에는 윤동주가 옥사했다는 내용을 그대로 적을 수가 없어 '조롱에 든 새가 때를 만나지 못했다'는 우회적인 표현을 함.

8월 15일　조국 광복.

1946년 (사후 1년)

동생 윤일주는 부친 윤영석의 권유로, 모택동 치하의 용정을 탈출하여 서울로 옴.

1947년 (사후 2년)

8.15 광복 이후, 만주 지역이 공산당 천하로 세상이 바뀌면서 지주이자 기독교 신도들은 모두 사회개혁 적폐청산의 대상으로 지목되어 윤동주 집안도 이를 피할 수 없었음. 따라서 토지개혁 등 조치로 재산을 모두 몰수당함.

2월 13일 유작 「쉽게 씌어진 시」가 당시 경향신문 주간이던 시인 정지용의 소개문과 함께 경향신문에 발표됨.

2월 16일 윤동주 2주기를 맞아 스승 정지용, 이양하 등과 학우 유영, 안병욱, 김삼불 등, 유족 윤영춘, 윤일주 등이 모여 서울 소공동 '플라워 회관'에서 '윤동주 송몽규' 첫 추도회를 가졌음. 이 모임에서 생전에 윤동주가 그토록 출판하고 싶었던 유고시집을 3주기에 맞춰 헌정하기로 결정함.

1948년 (사후 3년)

1월 30일 유고 31편을 수록한 윤동주 유고시집 『하늘과 바람과 별과 시』 최초본은 정음사에서 3주기를 맞춰 출간됨(판권 발행일자 1948년 1월 30일, 정가 100원) 이 시집에는 정지용의 서문과 유영의 추도시, 강처중의 발문跋文이 딸려 있음. 작품 선별과 편집은 강처중이 맡음.

9월 9월 4일 고향에서 조부 윤하현 별세.
9월 26일 고향에서 모친 김용 별세.

12월 여동생 윤혜원이 남편 오형범과 함께 월남하여 서울에 옴. 이때 혜원은 윤동주가 중학 시절까지 써두었던 습작노트 등 모든 원고를 챙겨가지고 옴. 이 작품들은 윤동주 전 시집을 내는 데 결정적인 자료가 됨.

윤혜원 부부는 1970년까지는 서울 회현동에 살다가 부산으로 이사하여 오형범은 건축 관련 사업체를 운영함.

1953년 (사후 8년)

부산대 출신 고석규 시인이 윤동주에 대한 최초의 본격적인 평론 「윤동주의 정신적 소묘」를 발표하고 이 글을 평론집 『초극』에 수록함.

1955년 (사후 10년)

2월　　윤동주 10주기 추모회가 연희대 문과대 주최로 열려 최현배, 박영준, 김용호, 정병욱 등 많은 친지와 후배들이 참석함.

정음사는 윤동주 순절 10주기 기념으로 『하늘과 바람과 별과 시』 증보판 간행. 이 시집에는 89편의 시와 4편의 산문이 수록됨. 표지화는 김환기 화백.

증보판부터는 월북한 정지용의 서문과 좌익 활동을 한 강처중의 발문은 싣지 못함.

1962년 (사후 17년)

11월 30일　막내동생 윤광주 오랜 투병 끝에 용정 고향집에서 죽음. 향년 29세.

1967년 (사후 22년)

2월　　『하늘과 바람과 별과 시』를 판형을 바꾸어 정음사가 재간행함. 백철, 박두진, 문익환, 장덕순의 추모 글이 책 뒤에 수록됨.

1968년 (사후 23년)

11월 2일 연세대학교 구내 윤동주가 생활했던 기숙사 '핀슨홀'앞 공터에 윤동주 시비가 세워짐. 제막식에는 윤동주와 함께 재학했던 학우들과 스승 최현배, 김윤경 교수 등 수백 명이 참석함. 시비 설계는 윤일주, 시비에 새겨진 시 「서시」는 윤동주의 친필, 비문 초안은 유영, 비문 글씨는 연세대 후배인 서예가 박준근이 씀.

1970년 (사후 25년)

10월 15일 윤동주 순절 25주기를 맞아 10월 15일부터 일주일간 윤동주 친필 유고와 유품들을 모아 '윤동주 유품전'이 열림.

1976년 (사후 31년)

6월 23일 외솔회(당시 회장 최현배)는 기관지 《나라사랑》 제23집 한 권 전체를 '윤동주 특집호'로 엮어 발행함. 이 윤동주 특집호에는 그동안 윤동주 작품으로 공표를 하지 않았던 작품 23편이 처음으로 공개됨.

1977년 (사후 32년)

12월 일제 강점기 시절 내무성 경보국 보안과 발행의 국비문서 《특고월보》(1943년 12월분)에 실려 있는 "재경도 조선인학생 민족주의그룹 책동 개요"가 입수되어 《문학사상》 12월호에 한글로 번역 게재됨. 이 극비문서에는 윤동주 송몽규 취조문서가 포함되어 있음.

1979년 (사후 34년)

1월 일제 강점기 일본 사법부 형사국 발행 《사상월보》 제109호

(1944.6월-6월)에 수록되어 있는 송몽규 피고인에 대한 판결문 등이 입수됨. 이 문서로 윤동주 송몽규의 형량이 비로소 공개되었고, 또한 두 사람에 대한 범죄혐의가 '독립운동'이었다는 사실도 확인됨.

1983년 (사후 38년)

연세대 마광수 교수가 『윤동주 시연구』로 박사학위를 받음. 윤동주의 시와 전 생애를 조명한 최초의 학문적 결과물임.

1984년 (사후 39년)

일본에서 최초로 일본어판 윤동주 번역시집 『空と風と星と詩(하늘과 바람과 별과 시)』이 출간됨. 번역자는 이부키 고伊吹鄕, 출판사는 기록사記錄社.

1985년 (사후 40년)

5월 14일 윤동주 친동생 윤일주 교수가 중국 용정의 연변대 교수로 부임하는 일본학자 오무라 마스오 교수에게 윤동주의 묘소를 찾아줄 것을 부탁하여 마침내 오무라 마스오 교수가 묘소를 찾는 데 성공함. 당시 한국과 중국은 수교를 하기 전이어서 한국인은 방문할 수 없었으므로, 동생 윤일주 교수는 오무라 교수에게 묘소 약도를 자세히 그려 주며 형의 묘를 찾아 달라고 간곡하게 부탁한 것.

11월 28일 친동생 윤일주 교수 별세. 향년 58세.

1986년 (사후 41년)

월남 후 20년 이상 계속 부산에 살고 있던 윤혜원과 오형범 내외가 호주로 투자이민을 떠남.

1988년 (사후 43년)

8월 　　　 프랑스어판 윤동주 시집 『Le ciel, Le vent, Les étoiles et La Poésie』 번역 출판됨. 번역은 임병선, 출판사는 Seoul Computer Press.

1989년 (사후 44년)

11월 　　 영어판 윤동주 시집 『Heaven, the Wind, Stars and Poems』 번역 출판됨. Duane Vorhees, Mark Mueller, 김채령 3인 공동 번역, 삼성출판사 발행.

1990년 (사후 45주년)

　　　　 일본 대형출판사 '지쿠마쇼보'사가 발행한 고등학교 국어 현대문 교과서인『신편 현대문』에 윤동주 시 4편이 수록됨. 이 사실은 '조선의 청년시인 윤동주'를 존경하는 일본 시인 이바라기 노리꼬 여사가 자신의 수필에서 밝힘.

4월 15일 　그동안 유실된 줄만 알았던 송몽규 묘를 장재촌에서 찾아내 윤동주 묘소 옆으로 이장함.

8월 15일 　보훈처는 광복절을 맞아 윤동주 시인에게 건국훈장 '독립장'을 추서함.

1992년

9월 　　　 중국 용정중학교 내에 윤동주 시비 건립. 용정중학교는 옛 대성중학교가 있던 곳임.

1995년 (사후 50년)

2월 16일 　윤동주가 다녔던 도시샤 대학 캠퍼스에 윤동주 시비가 세워짐. 시비에는 윤동주 시인의 자필 원고 「서시」가 새겨짐. 이 시비는 도시샤대 출신 한국유학생의 단체인 '도시샤코리아동창회'가 주축이 되어 도시샤대 출신 재일동포 동창생들이 모금하여 세운 것으로, 순절 50주년을 맞아 도시샤대학 아마데가와 교정에 시비를 건립한 것임.

8월 15일   일본공영방송 NHK와 KBS가 윤동주 사후 50년을 기념하여 공동 제작한 "하늘과 바람과 별과 시; 윤동주, 일본통치 하의 청춘과 죽음"을 방영함. NHK측 PD는 타고 기치로. 이 방송을 통해 윤동주가 도시샤대 학우들과 1943년 초여름 우지강가의 송별회 모임에서 촬영한 '최후의 사진'이 최초로 공개됨.

보훈처는 송몽규에게 대한민국 건국훈장 '애국장'을 추서함.

2006년 (사후 61년)

윤동주가 도시샤대 다닐 때의 하숙집 터(현재 일본 조형예술대학교 건물)에 '윤동주 시비'가 일본에서 두 번째로 세워짐. 이 시비는 윤동주의 도시샤대 5년 후배인 일본조형예술대 도쿠야마 소쇼쿠 이사장이 윤동주를 너무나 존경하는 나머지 세우게 되었다고 함. 시비에는 「서시」가 윤동주 자필체로 새겨져 있고, '윤동주 유혼의 터'라는 안내비도 함께 세워짐.

2011년 (사후 66년)

12월 11일   윤동주 여동생 윤혜원 여사가 호주 시드니 자택에서 별세. 생전에 윤동주 묘소를 꾸미거나 부모 묘소를 찾는 일 등 오빠 윤동주에 관련된 일이라면 누구보다 앞장섰던 분이었음. 2012년 4월 3일 경기 광주시 가족묘원에 안장됨.

2015년 (사후 70년)

3월 11일 윤동주의 매부이자 윤혜원의 부군인 오형범이 서울 신촌 세 브란스 병원에서 별세. 장지는 경기도 광주시 가족묘원. 2011 년에 별세한 아내 윤혜원과 합장됨.

2017년 (탄생 100년, 사후 72년)

1월 11일 서울시인협회(명예회장 이근배, 회장 유자효)는 서울 프레스센 터에서 한국을 대표하는 4개 문인협회 회장과 도종환 문체부 장관, 김남조 시인 등 문화계 명사들과 언론인들을 초청하여 '윤동주 100년의 해' 선포식을 가짐. 선포식에서는 '시의 한류, K-POET 시대'를 선언하면서 한국시와 한민족의 상징적 존 재인 윤동주를 기리는 사업을 앞장서서 전개할 것을 밝힘.

이후 서울시인협회는 "윤동주 100년 생애 사진전"(서울, 춘천, 군포) "국내외 윤동주 문학기행"(일본 도쿄, 교토, 후쿠오카, 중국 용정, 전남 광양) "윤동주가 그리운 밤"(일본 도쿄 YMCA호텔) "윤 동주 관련자료 발굴" "윤동주 시정신 출판" "윤동주를 지킵시 다" "윤동주 신인상" "윤동주 기념비 건립" 등의 사업과 캠페인 을 전개하고 있음.

10월 28일 일본 교토시 교외 우지宇治시 우지강 가에 "기억과 화해의 비" 가 세워짐.

시비가 세워진 장소는, 1943년 초여름 전황이 악화되어 윤동 주가 더 이상 학업을 지속할 수 없어 귀국한다는 사실을 알게 된 도시샤대 일본인 학우들이 송별회를 가진 후 '최후의 사진' 을 찍었던 장소임. 일본에는 현재 도시샤대 캠퍼스, 일본조형 예술대 교사 앞, 우지강가 등에 3개의 시비가 있음. 2021년 현 재 릿교대 캠퍼스의 시비 건립도 추진되고 있음.